Doctor Dolittle's Puddleby Adventures

Doctor Dolittle's Puddleby Adventures

둘리틀 박사의 모험 12

둘리틀 박사의 퍼들비 모험

Doctor Dolittle's Puddleby Adventures

휴 로프팅 지음 | 임현정 옮김

궁리
KungRee

일러두기 |

1 · 이 책은 『Doctor Dolittle's Puddleby Adventures』(J. B. Lippincott Co., 1952)을 우리말로 옮긴 것입니다.

2 · 이 책을 읽다가 여성과 인종을 묘사하는 일부 대목에서 불편함을 느낄 독자들도 있을 것입니다. 이 책을 만든 저희도 그런 불편함을 똑같이 느꼈으며, 영미권의 다른 출판사들처럼 그런 대목을 빼고 출판하는 것도 고려해 보았습니다.

하지만 이 책은 70여 년 전에 씌어졌습니다. 아무리 뛰어나고 훌륭한 사람이라도 자신이 살아가는 시대적 환경에서 완전히 자유로울 수는 없는 법입니다. 그 시대를 뛰어넘어 사랑받는 작품이라면 아마도 그런 결점을 뛰어넘을 무언가가 있기 때문이겠지요. 그래서 저희는 그런 대목을 마음대로 솎아 내기보다는 그대로 두기로 결정했습니다.

이 책이 처음 발표되었던 시절의 독자들과는 달리 우리는 학교 교육과 독서, 뉴스 등 여러 매체를 통해 그런 묘사가 올바르지 않음을 배웠습니다. 이 책을 쓴 휴 로프팅이 살던 시절보다 우리가 사는 세상이 조금 더 나은 방향으로 변하였기 때문이겠지요.

둘리틀 박사와 그의 가족

둘리틀 박사는 처음에는 사람을 치료하는 의사였다. 박사는 알약과 강장제를 처방하고 다른 의사들처럼 부러진 뼈도 치료했다. 아픈 사람들을 치료할 뿐 아니라 동물들도 보살폈다. 박사가 동물 친구들을 돌보는 과정에서 너무나 많은 동물들이 박사의 집에 머물게 되자 사람 환자들이 대문에 들어설 공간조차 거의 사라지고 말았다. 피아노 안에는 흰쥐가, 식료품 창고에는 생쥐들이 살았고, 야채 보관용 통에는 돼지 한 마리가 잠을 잤다. 심지어 린넨 캐비닛은 다람쥐 가족이 점령했다.

사람 환자들이 집이 너무 정신없다며 동물들을 싹 쫓아내기 전에는 찾아오지 않겠다고 으름장을 놓자 둘리틀 박사는 사람들 진료를 아예 중단해 버렸다. 전적으로 동물을 위한 의사가 된 것이다. 둘리틀 박사가 사람 의사에서 동물 의사로 변신하는 데에는 박사의 가족이 된 앵무새, 폴리네시아의 도움이 가장 컸다. 폴리네시아가 박사에게 동물들 말을 가르쳤던 것이다. 앵무새였던 폴리네시아는 사람 말과 동물 말, 두 가지 말을 다 할 수 있었다. 폴리네시아는 동물들이 말할 때 사용하는 신호들, 즉 코를 씰룩이거나 귀를 긁거나 꼬리를 흔드는 행동이 무슨 뜻인지 박사에게 일일이 설명해 주었다.

존 둘리틀 박사가 말했다. "그런데 폴리네시아, 새들은 씰룩거릴 코도 없고 흔들 귀도 없잖니. 어… 너무 헷갈리는걸."

폴리네시아가 대답했다. "전혀 그렇지 않아, 박사. 새들은 자신들의 언어로 말해. 창틀에 앉아 있는 저 동고비들에게 귀를 기울여 봐. 녀석들이 어떻게 수다를 떠는지, 어떻게 휘파람을 부는지, 어떻게 시끄럽게 떠드는지 들어 보라구. 저기 날개에 짙은 무늬가 있는 작은 녀석 말이야, 자기 친구에게 퍼들비의 명소를 보여 주고 있어. 녀석이 방금 친구에게 여기가 둘리틀 박사 집이라고 말했어."

존 둘리틀 박사가 말했다. "맙소사! 그렇게 빨리 말하지 마! 적어야겠어." 박사가 책상으로 급히 달려가더니 공책을 가져왔다. "이제 천천히 말해 봐." 박사가 휘갈겨 적으면서 말했다. "까먹지 않으려면 죄다 적어야 해."

오래지 않아 둘리틀 박사는 동물들의 말을 다 알아듣게 되었을 뿐 아니라 동물들 언어로 말할 수도 있게 되었다. 처음에는 힘들었는데, 동물들처럼 코를 씰룩거리고 귀를 긁는 법을 배워야 했기 때문이었다. 가장 힘든 부분은 꼬리였다. 꼬리가 없는 박사는 코트 자락을 사용해야 했다. 동물들은 박사가 자신들에게 말할 때 코트 자락을 희한하게 날리는 걸 보고 놀라워했다. 하지만 금세 익숙해졌고 동물 친구들 말을 이해하듯 박사가 하는 말도 잘 알아들었다.

오리 대브대브는 박사의 살림꾼이었다. 대브대브는 요리를 하고, 먼지를 털고 쓸고 닦았으며, 일주일에 두 번씩 시장에 가 박사의 신기한 동물 가족들이 먹을 갖가지 음식을 사서 식품 저장실을 채웠다.

역시 박사님과 함께 사는 돼지 거브거브는 음식에 관한 한 자신이 권위자라고 생각했다. 녀석은 호기심이 대단했는데, 그것 때문에 항상 곤경에 빠지곤 했다.

가족들의 회계와 박사의 상거래는 동물들 가운데에서도 이름난 수학자인 올빼미 투투가 책임졌다.

개 지프는 맡은 일이 많았다. 녀석은 박사님 정원의 넓은 부분을 차지하고 있는 잡종개를 위한 아파트를 만들고 관리하는 일을 도왔다. 냄새로 뭔가 찾아내야 할 일이 있을 때마다 지프는 천하무적이었다. 녀석은 담배 냄새만 맡고도 몇 킬로미터나 떨어져 있는 담배 주인의 자취를 쫓을 수 있었다.

바늘처럼 작은 물건을 찾아야 할 때는 흰쥐 화이티가 나섰다. 녀석은 현미경 같은 눈으로 티끌 색깔까지 구분할 수 있었다.

가족의 또 다른 일원으로는 원숭이 치치가 있었는데, 녀석은 박사와 함께 습지 옆 퍼들비에서 살기도 했고, 자신이 좋아하는 기후의 땅 아프리카에서 살기도 했다. 항해에 나선 박사는 밀림이나 외지를 관통하는 오솔길을 찾을 때면 언제나 치치를 보내서 일행을 인도하도록 했다. 그럼 치치는 일단 가장 높은 나무 위로 올라간 후 복잡하게 엉킨 나뭇가지 사이로 이리저리 옮겨 다니면서 길이 어디로 이어지는지 찾아낸 다음 박사 일행에게 소리를 질러서 알려 주곤 했다.

오랜 시간 동안 퍼들비에서 산 박사의 동물 친구들 중에는 푸시미풀류라고 불리는 머리가 둘 달린 동물도 있었다. 녀석은 몸통 양 끝에 각각 머리가 있었는데 한쪽으로 먹으면서 다른 쪽으로 이야기를 할 수도 있었다. 푸시미풀류는 이렇게 하면 입에 음식을 가득 넣고 말하는 걸 피할 수 있다고 했다.

세인트 폴 대성당에 있는 동상의 귀에 집을 짓고 사는 덕분에 거대한 도시 런던에서 일어나는 일을 낱낱이 꿰뚫고 있을 뿐 아니라 그곳을 지나다니는 사람도 다 알고 있는 런던 참새 치프사이드는 아마 박사의 친구 중에 가장 다재다능한 친구일 것이다. 존 둘리틀 박사는 치프사이드에게 배나 사람들의 움직임에 대한 정보를 부탁하곤 했는데, 그때마다 치프사이드는 답을 구하는 데 실패한 적이 없었다.

동물 의사로서 경력을 쌓기 시작했을 즈음 존 둘리틀 박사는 자신의 집에 토미 스터빈스라는 어린 소년을 들였다. 박사의 수석 조수로서 토미는 동물들의 말을 구사하는 법을 배웠고, 둘리틀 박사가 녀석들을 돌보는 것을 도왔다. 박사는 눈코 뜰 새 없이 바빴으므로 토미 스터빈스가 이 위대한 박사와 그의 동물 친구들의 모험을 기록했다.

박사와 동물 가족이 사는 작은 마을, 습지 옆 퍼들비에는 동물 먹이 장수인 매슈 머그가 살았다. 그는 자연스럽게 둘리틀 박사와 토미의 좋은 친구가 되었으며, 그들과 동물들 사이에 문제가 생겼을 때 종종 도움을 주곤 했다.

짧은 기간이나마 박사와 함께 지낸 이들도 있었는데, 개 탐정 클링과 상 받은 달마티안 대플, 서커스단에서 활약한 토비와 스위즐, 졸리깅키 왕국의 흑인 왕자인 범포가 그들이다.

이 책에 나오는 이야기들은 토미 스터빈스가 박사와 그의 동물 친구들에 관해 쓴 것들이다.

올가 마이클

차례

대플

1장

챔피언

내가 둘리틀 동물원의 관리인으로 일하면서 가장 즐거웠던 때는 잡종개를 위한 보호소와 관련된 일을 할 때였던 것 같다. 물론 난 개들의 성격이나 개성이 굉장히 다양하다는 사실은 짐작하고 있었다. 하지만 이 잡종개 클럽의 일상생활에 참여하기 전까지는 그 다양성의 정도가 얼마나 대단한지 분명히 깨닫지 못했던 것 같다.

보호소에는 순혈종 회원이 한 마리 있었다. 바로 달마티안인 대플이었다. 녀석은 순혈종이었을 뿐 아니라 아주 오랫동안 혈통이 우수한 개에게 주는 상을 독차지했으며, 큰 애완견 대회에 참가할 때마다 거의 모든 금메달과 리본을 휩쓸었고, 심사위원들에게 특별히 언급되곤 했다. 이런 이유 때문에 엄밀히 말하면 녀석은 보호소에 들어올 자격이 없었다. 하지만 대플은 순혈종으로 태어난 게 제 탓이 아닐뿐더러 자신이 이미 클럽의 거의 모든 개들에게 인기 만점이라며 위원회를 설득했고, 귀족 혈통임에도 불구하고 결국 잡종개 클럽의 일원으로 받아들여졌다.

둘리틀 박사님 동물원으로 찾아온 개들 때문에 박사님은 녀석들 주인과 큰 마찰을 빚기도 했는데, 대플 역시 같은 문제를 일으켰다. 대플의 주인은 좀 이상한 여자였다. 그녀는 굉장히 뚱뚱했는데, 입고 있는 옷의 주름 장식 때문에 몸이 더 비대해 보였다. 지프는 그녀를 볼 때마다 거대하고 짙은 향을 풍기는 크림빵을 떠올리곤 했다. 대플이 맨 처음 잡종개를 위한 클럽에 가입하기 위해 도망쳤을 때, 주인은 하인 두 명과 함께 쌍두마차를 타고 쫓아와서 다시 녀석을 데려갔다. 주인은 대플이 둘리틀 동물원으로 왔다며 박사님을 비난했다. 하지만 그후에도 대플이 시도 때도 없이 도망치자 마침내 다시 데려가도 소용없다는 걸 깨달았다. 녀석은 멋진 집에서 누리는 사치스러운 삶보다 잡종개 클럽에서 맛보는 소박한 즐거움을 더 좋아하는 게 분명했다. 대플의 주인은 그저 동물원에 불과한 이곳에 머무르려고 자기 집에서 사는 걸 포기한 대플은 진짜 순혈종일 리 없다고 일갈한 후 턱을 치켜든 채 마지막 작별 인사를 남기고 박사님 집을 떠남으로써 대플에게 큰 기쁨을 안겨 줬다.

어떤 연유에서 그렇게 됐는지 모르겠지만, 이 개가 저녁 식사 후 이야기(내 책에서는 자서전이라고 불렀다.)를 하는 첫 동물로 선

18

거대한 크림빵…

정되었다. 그리고 어느 날 저녁 존 둘리틀 박사님과 내가 식당에 들어갔을 때 이미 강사 연단에 자리 잡은 대플과 앉아서 기다리고 있는 나머지 클럽 회원들의 모습이 보였다. 위원회는 박사님과 내가 도착하기 전에 이야기가 시작되는 걸 원치 않았다.

컹컹거리는 소리와 안도의 한숨이 우리를 맞았다. 난 기록을 위해 종이를 펼칠 수 있는 편안한 구석에 자리를 잡았다. 오자마자 자신의 옆자리를 차지하고 싶어 하는 사랑스러운 동물들에게 둘러싸인 박사님은 다른 쪽 구석으로 휩쓸려 갔다. 식당에 서서히 침묵이 감돌자 대플이 이야기를 시작했다.

"난 내 이야기가 여러분에게 흥미로운 이유는 이 이야기가 순혈종의 삶에 대한 이야기이기 때문이라고 생각해요. 난 여러분들, 행복한 잡종개들을 얼마나 자주 부러워했는지 몰라요! 처음부터 내 삶은 단조로운 순혈종의 삶이었거든요. 이번 주에 여러분들의 클럽에 들어와서야 난 난생처음으로 여러분이 평생 누려 온 그 자유를 갖게 되었어요.

나와 남자 형제 둘, 여자 형제 둘이 애완견 가게에 있었던 때부터 이야기를 시작할게요. 우리는 바닥에는 짚이 깔려 있고 앞에는 '순종 강아지'라고 쓰여 있는 우리 안에 있었어요. 처음에는 그곳이 도무지 맘에 들지 않았어요. 하지만 여러분은 강아지들이 어떤지 아시잖아요. 우리가 처한 상황을 잊는 데는 별로 오래 걸리지 않았고, 우리는 함께 놀고 몸싸움을 하면서 꽤 재밌게 지냈어요. 우리를 돌봐 주고 먹여 주는 남자아이는 굉장히 친절했어요. 바쁘지 않을 때면 언제나 우리가 하는 놀이에 끼곤 했지요.

가게에 온 손님들은 우리를 쳐다보곤 했어요. 그리고 내 남자 형제와 여자 형제가 한 마리씩 팔리더니 결국 마지막에 나만 남게 되었지요. 난 처음에는 그 사실이 굉장히 슬펐어요. 하지만 소년은 진심으로 나를 위로해 주었고, 일이 끝나면 종종 나를 데리고 산책을 나갔어요.

소년이 말하곤 했어요. '대플, 네 가족 중에 네가 가장 잘생겼어. 손님들은 개에 대해 하나도 몰라. 그냥 아는 척할 뿐이지. 그렇지 않다면 너를 절대 마지막까지 남겨 두지 않았을 거야. 하지만 난 그래서 좋아. 내게 너를 살 만큼 돈이 있으면 원이 없겠다. 넌 너무 비싸. 네 혈통 때문이지. 5파운드라니. 생각 좀 해 봐! 작고 동그란 만두같이 생긴 게! 넌 자부심을 가져야 해. 난 일주일에 고작 5실링밖에 못 버는걸.'

난 가게에 들어오는 손님들을 쳐다보곤 했어요. 나는 가게 소년이 점점 더 좋아졌어요. 그리고 시간이 지날수록 누군가가 나를 사갔으면 하는 마음이 점점 사라졌지요. 손님이 행여나 나를 살까 봐 성미가 아주 비뚤어진 것처럼 굴었어요. 손님이 우리 안으로 손을 집어넣고 나를 쓰다듬을라치면 이빨을 내보이면서 으르렁 댔지요.

손님들은 말하곤 했어요. '아! 물겠는데? 아냐, 저 개는 마음에 안 들어. 저 녀석을 아이들과 같이 둘 수는 없어.'

그리고 손님들은 다행히도 내가 갇혀 있는 우리를 떠나 옆에 있는 콜리 강아지들을 보러 갔어요. 어느 날 한 남성이 가게에 들어왔는데, 난 활기 넘치고 미소 띤 그의 얼굴이 처음부터 마음에 들었어요. 그래도 그 남자가 나를 쓰다듬으려고 하자마자 나는 항상 그랬듯 내게 아이들을 맡기면 안 된다는 걸 보여 주기 위해 으르렁댔어요. 그런데 놀랍게도 그 남자는 전혀 개의치 않았어요. 아마 자식이 없었나 봐요. 그 남자는 내가 일부러 그러는 척 한다는 걸 알기라도 하는듯 다른 데로 가기는커녕 그저 웃으면서 계속 나를 쓰다듬으려 했지요. 나는 곧 그 남자를 겁주는 걸 그만두고 장난을 치기 시작했어요. 그는 굉장히 쾌활하고 정직했으며 친절한 사람이었기에 난 그가 나를 사더라도 개의치 않기로 했어요.

결국 그 남자는 나를 사서 자신의 시골집으로 데려갔어요. 그곳은 굉장히 좋은 집이었고, 난 시작부터 굉장히 운이 좋다고, 그곳에서 재미있게 지낼 수 있겠다고 확신했어요. 내 주인은 엄청난 갑부는 아니지만 상당히 잘사는 시골 신사인 것 같았어요. 주인은 일을 하지 않았어요. 그의 시간은 낚시와 사냥, 그리고 광활하고 아름다운 자신의 시골 땅을 가꾸는 일로 채워졌지요.

가게 소년 말대로 나는 커 갈수록 진짜 특별히 훌륭한 달마티안 품종이라는 게 드러났어요. 내가 성장하는 동안 내 주인 집에 와서 함께 머무르는 친구들은 한결같이 내가 상을 탈 거라며 나를 추켜세우는 발언을 늘어놓았어요. 이윽고 내 주인은 나를 데리고 애완견 대회에 나가기 시작했어요. 아, 젠장, 나는 그 대회들이 싫었어요! 대회에 나가기 몇 주 전부터 가장 멋지게 보이기 위해 식

"난 장난을 치기 시작했어요."

단을 조절해야 했고, 몸을 박박 문질러 씻고, 털을 빗고 깎고 다듬어야 했어요. 행여나 완벽한 털이 엉망이 되거나 발톱에 때가 낄까봐 궂은 날씨에는 밖에 나가는 것도 용납되지 않았어요. 그리고 대회가 시작되면 멍청한 심사위원들이 주위를 어슬렁거리면서 나를 관찰하는 몇 시간 동안 의자에 잠자코 앉아 있어야 했지요. 난 그냥 멋지고 촉촉한 들판에 나가서 토끼를 쫓거나 쥐를 찾기 위해 구멍을 파고 싶었는데 말이죠.

난 진짜 많은 상을 받았어요. 그때는 정말 화려한 경력을 쌓았지요. 3년 동안 난 출전한 모든 대회에서 달마티안 품종에게 주는 최고상을 휩쓸었어요. 모든 스포츠 신문은 내 사진으로 도배가 되었지요. 내 모습은 유명한 화가에 의해 유화 초상화로 그려지기까지 했어요. 초상화를 그리는 동안 나는 목을 뻣뻣하게 세운 채 꼼짝 않고 있었지요.

하지만 난 내 대회 경력에는 눈곱만큼도 신경 쓰지 않았어요. 주인은 이 사실을 알고 있었는지 대회만 끝나면 곧바로 나를 들판에 데리고 나가서 맘껏 몸을 굴리도록 해 줬고, 난 다음 대회가 열리기 전까지 멋진 시간을 보냈답니다. 주인도 즐거워했어요. 쥐를 잡기 위해 구멍을 파는 나를 돕다가 자기도 먼지를 뒤집어쓰기도 했지요.

정말 멋졌던 이 남자는 경마에 돈 거는 걸 좋아했어요. 그게 주인을 파멸로 이끌었지요. 그는 애완견 대회에서 큰 성공을 거둔 반면, 경마장에서는 실패를 거듭했어요. 돈을 계속해서 잃었어요.

주인은 손실을 메우기 위해 재산을 처분할 수 밖에 없었어요. 훌륭한 시골 영지의 일부를 팔기 위해 시장에 내놨어요. 이어서 말과 장식품들도 내놨지요. 재산이 차례차례 사라져갔지만 그는 경마에 돈 거는 걸 멈추지 않았어요. 큰돈을 벌어서 자신이 잃은 모든 걸 되찾기를 바랐지요.

나는 내가 언제 팔릴지 궁금해지기 시작했어요. 난 애완견 대회에 나갔을 때 주인이 수많은 개 애호가들로부터 나를 파는 대가로 엄청난 금액을 제안 받았다는 사실을 알고 있었어요. 주인은 나를 무척 좋아했어요. 우리는 서로 죽고 못 사는 친구였거든요. 하지만 돈이 없어서 주인이 받는 압박을 생각하면 주인이 언젠가 나를 팔고 싶은 유혹에 빠지는 건 당연한 순서였지요.

몇 달이 더 지난 후 사태는 더욱 악화되었고 내 주인은 실제로 빈털터리가 됐어요. 끼니도 제대로 때우지 못하는 날이 이어졌어요. 한번은 내가 마을을 지나가다 발견한 가금류를 파는 가게에서 닭고기를 훔쳐다가 주인에게 갖다줬는데, 이게 큰 물의를 일으켰어요. 난 닭고기를 가져가는 게 잘못된 행동이라는 생각을 전혀 하지 못했어요. 하지만 가게 주인은 생각이 달랐지요. 그리고 잡혀서 두 번째로 경찰서에 끌려간 후에야 내가 주인에게 좋은 일을 하기는커녕 큰 골칫거리를 안겨 줬다는 걸 깨달았어요.

상황은 점점 악화되어 갔고 내가 팔려가는 건 불보듯 뻔한 일인 것 같았어요. 주인의 하인들 몇몇은 아주 오랫동안 급료도 받지 못한 상태였거든요.

"난 가게에서 닭고기를 훔쳐 주인에게 갖다줬어요."

마침내 그날이 왔어요. 가난한 주인이 돈 때문에 안절부절못하고 있을 때 애완견 대회에서 내게 찬사를 아끼지 않곤 했던 여자 한 명이 나를 파는 대가로 돈을 두둑이 주겠다고 제안했어요. 다행히 주인의 작별인사는 짧았어요. 우리 둘 다 감상에 빠지는 걸 좋아하지 않았고, 난 가야 한다면 가능한 한 빨리, 조용히 가고 싶었지요.

주인이 마지막으로 내 머리를 쓰다듬으면서 말했어요. '미안하구나, 대프. 너를 팔다니 난 끔찍한 죄를 짓는 것 같아. 아무튼 잘 가렴. 네게 행운이 함께하길 빌게.'

난 말할 수 없이 슬펐고 화가 났어요. 그렇다고 주인에게 화가 난 건 아니었어요. 이제 상황이 어쩔 수 없게 되어 버렸다는 것쯤은 나도 알고 있었어요. 난 내 혈통에 화가 났던 거예요. 만약 내가 그토록 고귀한 품종이 아니었다면 내 가치는 고작 몇 실링밖에 안 되었을 거예요. 그러면 누구에게든 팔려 갈 일도 없었겠지요.

나는 내 새로운 주인이 된 뚱뚱한 여자에게 이끌려 가면서 혼자 중얼거렸어요. '아, 왜 난 잡종개로 태어나지 않은 걸까?'

이후 내 삶은 완전히 새로운 국면으로 접어들었어요. 나를 산 여자는 굉장한 부자였지요. 그녀에게는 하인과 마차, 은식기가 넘치도록 많았고, 여섯 명은 들어갈 만한 도자기로 된 욕조도 있었어요. 그녀의 집에 발을 디뎠던 첫날 저녁에 내가 느꼈던 불편함을 절대 잊지 못할 거예요. 하인이 차를 내왔고, 그녀의 응접실은 케이크를 씹으면서 지껄여 대는 손님들로 가득 차 있었어요. 내 주인은 손님들에게 나를 자랑하기 위해 데려갔지요.

그녀가 키득댔어요. '손님들, 이 개 예쁘지 않아요? 난 이 개를 사려고 엄청난 금액을 지불했답니다. 그래도 난 이 녀석을 손에 넣어야만 했어요. 내 새 드레스랑 잘 어울리잖아요. 이 개의 털에 있는 얼룩점들이 물방울무늬 비단과 그야말로 안성맞춤이라구요. 안성맞춤!'"

→ 2장 ←

난장판이 된 아침 식사

"내가 얼마나 역겨웠는지 상상이 돼요?"

청중에게 호소하던 대플은 그 때 느낀 경멸감이 떠오른듯 우아하고 품위 넘치는 코를 위로 이죽거렸다. 보고 있자니 녀석은 확실히 아름다웠다. 달마티안은 지금보다 그 당시에 훨씬 더 인기가 많았다. 어릴 때 난 달마티안을 보면 몸에 있는 검은 반점 때문에 항상 '자두 푸딩 개'라고 부르곤 했다. 그런데 내가 전에 순종 챔피언을 본 적이 있는지 모르겠다. 그리고 이렇게 멋진 개에게 그런 촌스러운 별명은 전혀 어울리지 않는 것 같았다.

대플이 말을 이었다. "그렇게 된 거예요. 내가 혈통이 좋아서, 좋은 품종이어서 결국 그곳에 가게 됐던 거예요. 새 주인의 물방울무늬 새 드레스에 잘 어울린다는 이유로 성마른 성격에 낄낄거리기나 하는 여자에게 팔려 간 거였어요! 나 같은 사냥개에겐 수치스럽기 짝이 없는 일이었지요! 나는 이제 안방에 있는 가구와 다를 바가 없었어요. 난 분노에 못 이겨 이빨을 갈아 댔어요. 그리고 그곳에 도착한 첫날 밤에 난생처음으로 주인집에서 도망쳤어요. 그 후 수십 번이나 도망치려고 시도했는데 그게 첫 시작이었지요.

'그래, 내가 물방울무늬 드레스와 그렇게 잘 어울린단 말이지? 좋아, 그렇다면 반점을 다 없애 버려야겠어.' 난 미친 듯이 화가 나서 중얼거렸어요.

존 둘리틀 박사님을 잘 알고 있었던 나는 도망치자마자 곧바로 박사님 댁으로 갔어요.

내가 말했어요. '박사님, 박사님이 제 털에 색을 입혀서 반점을 지워 주시거나 아예 다른 색깔로 염색해 주시면 좋겠어요. 전 주인이 입은 옷의 일부가 되지는 않을 거예요. 그는 우리를 본 다른 사람들에게 똑똑하다는 칭찬을 받고 싶어서 나를 끌고 나가려는 심산이라구요. 박사님께서 무슨 일이든 해 주셔야 해요. 전 그 생각을 참을 수 없어요. 뚱뚱한 멍청이 같으니!'

난 주인에게서 도망친 개들이 이곳 동물원에 있는 잡종개 클럽에 합류하기 위해 그렇게 수많은 소동만 일으키지 않았어도 나를 측은히 여긴 박사님이 내 청을 들어주셨으리라 믿어요. 내가 주변을 서성대며 박사님을 설득하는 동안 그 끔찍한 여자가 나타나더니 내가 자기 것이라고 주장했지요. 주인은 탐정들을 시켜서 저를 쫓게 했던 거예요. 그 정도로 엄청난 부자였지요.

결국 무덤으로 다시 돌아간 나는 안방의 장식품 신세가 되어야 했지요. 주인은 내가 돌아오자 기뻐서 나를 껴안고 입을 맞췄어요. 그러고는 내게 향수를 뿌려 댔지요. 그는 내가 자신과 똑같은 향수를 뿌려야 한다고 말했어요. 생각해 보세요. 내가 향수라니요!

아, 주인에게 남편이 있다는 사실을 언급하는 걸 까먹었네요. 내가 그 남자에 대해 말하는 걸 잊은 것도 무리가 아닌 게 전혀 중요한 사람이 아니었기 때문이에요. 그 남자는 단지 주인의 남편이었을 뿐, 내게는 성가신 존재였어요. 내 생각에 그 남자는 누군가를 쥐고 흔들어야만 직성이 풀리는 성격인데, 아내에게 온갖 잔소리와 구박을 받으니까 내 우두머리 행세를 하려고 했던 것 같아요. 여자는 저녁때만 되면 남편에게 나를 데리고 나가라고 시켰는데, 그 남자는 밖에 나가기만 하면 자신이 얼마나 거만한 성격인지 지나가는 사람들도 알 정도로 고래고래 소리를 지르면서 난 전혀 관심도 없는 바보 같은 재주를 내게 가르치려 들었어요. 그 작자는 일부러 지팡이를 나무나 담 뒤에 둔 다음 내게 가져오라고 시키곤 했어요. 얼마나 바보 같은지! 나는 지팡이 대신 혹시 눈에 띄면 죽은 쥐를 갖다주거나 그것도 아니면 바나나 껍질을 그 남자 앞에 대령했지요. 난 이미 멋진 재주에는 통달한 상태였거든요. 나는 그 작자의 즐거움을 망치고 최대한 멍청한 척하는 데서

"그리고 그 여자는 내게 향수를 뿌려 댔지요."

그나마 기쁨을 얻었어요. 남자는 내게 입으로 신문을 물고 가도록 시키곤 했는데 그럼 난 언제나 가다가 맨 처음 나오는 물웅덩이에 그 신문을 떨어뜨려 버렸어요.

삶이 참! 얼마나 그 생활에서 탈출하고 싶었는지 몰라요! 그곳에 살면서 가장 끔찍했던 점은 내 성격이 변해간다는 걸 깨닫기 시작한 거였어요. 전 주인은 조용하고 합리적인 성품으로 건강하고 야외 활동을 좋아했어요. 그와 함께 생활하면서 나는 분별 있고 운동을 좋아하는 시골 개로 성장했지요. 하지만 만날 내 앞에서 흐느끼는 이 신경질적인 주인이랑 살다 보니 내 성격도 변하더군요. 그는 자신을 괴롭히는 온갖 문제를 내게 끊임없이 얘기했는데, 알고 보면 그 문제라고 하는 것들 모두가 자신의 상상에 불과한 데다 지루하기 짝이 없는 것들뿐이었어요. 난 퉁명스럽고 짜증을 잘 내며 버릇없는 애완용 개로 변해 가고 있었어요. 주인처럼 말이지요. 그건 무시무시한 발견이었어요. 나는 항상 도망치고 싶었지만 늘 다시 잡혀오고 말았어요.

내 꿈은 여기 있는 박사님의 개 클럽에 가입해서 다시 조용하고, 분별 있고, 쓸모 있는 개가 되는 것이었어요. 또 한편으로는 다음번에 이 집을 탈출했을 때 전 주인에게 돌아갈 수만 있다면 내게 좀 더 행운이 따르지 않을까 생각했어요. 전 주인이 나를 데리고 있어 줬으면 하고 바랐지요. 나는 길고 힘든 여정 끝에 전 주인이 살던 곳을 찾아갔지만 집은 다른 사람에게 팔렸고 전 주인은 외국으로 떠났다는 사실을 알게 됐을 뿐이었어요.

열 번에 걸친 탈출을 모두 실패하고 결국 향내 나는 안방으로 되돌아오게 된 난 새로운 계획을 세웠어요. 어느 날 난 거리에서 미친개 한 마리를 보았는데, 모두가 그 개에게 물릴까 봐 잔뜩 겁에 질린 표정이었지요. 녀석은 눈이 번뜩였고 입에는 거품을 물고 있었어요. 난 안방에 있는 거울 앞에서 눈을 번뜩이는 연습을 했어요. 끔찍했지요. 다음으로 주인 남편의 옷방에서 면도용 비누를 한 개 훔친 다음 입으로 거품을 내는 걸 연습해 봤어요. 기분은 별로였지만 모습은 멋진 것 같았어요. 난 남몰래 연습을 끝낸 그날 저녁 잠자리에 들면서 혼잣말을 했어요. '좋아! 내일 난 미친개가 되는 거야. 그럼 저 사람들이 날 없애 버리려고 하겠지.'"

대플이 말을 이었다. "내 평생 미친 짓을 몇 번 하기는 했어요. 하지만 진짜 미친개인 척하는 것만큼 미친 짓은 없었어요. 지금 내가 살아 있는 게 기적이지요. 상황은 내 경험과는 다르게 흘러 갔어요. 난 미친개가 입에 거품을 물고 어딘가를 노려보면서 이리저리 뛰어다니는 걸 여러 번 봤는데, 그때마다 사람들이 새파랗게 질려 그저 미친개에게서 멀리 도망가기 바빴거든요. 그런데 난 미친개를 쏴 죽이는 게 풍습이라는 건 몰랐어요. 내가 미친개를 봤던 당시에는 사람들이 총을 가지고 있지 않았나 봐요. 하지만 이번엔 가지고 있었지요. 그것도 여러 자루나.

처음부터 이야기를 시작하자면, 난 주인의 아침 식사 시간에 맞춰 내 광기를 드러내기로 했어요. 전날 밤부터 면도용 비누를 가지고 있다가 주인이 첫 번째 커피를 마실 때 그걸로 입에 거품을

"난 거울 앞에서 연습했어요."

잔뜩 만들기로 했지요. 주인은 아침 식사 시간에 내게 양갈비를 주는 습관이 있었어요. 그 여자는 개에게 뭘 어떻게 먹여야 하는지 하나도 몰랐지요. 끼니 중간에도 쉴 새 없이 먹다 보니 내 몸매는 형편없이 망가져 가고 있었어요. 틈틈이 음식을 먹는 주인 역시 마찬가지였구요. 몸매라는 게 있기나 했는지 모르겠지만. 하인은 특별하게 요리된 내 양갈비를 언제나 은쟁반에 담아 가져왔고 주인은 종이 장식으로 그걸 집은 다음 나를 불렀어요.

'이리 오렴, 대피야, 엄마가 우리 아기한테 아침 먹여 줄게.'

그 여자는 늘상 이렇게 말하곤 했어요. 그 말투는 몇 번이나 내 식욕을 떨어뜨렸어요. 나는 주인에게 다가가서 갈비를 받아먹는 대신 그녀의 손을 내 입 속에 넣었어요. 진짜로 깨물지는 않았지요. 불쌍한 여자 같으니… 주인은 내게 아주 상냥했어요. 하지만 난 미친개의 역할을 제대로 해야 했죠. 주인은 비명을 지르며 물러섰어요. 난 으르렁거리면서 입에서 하얀 비누거품을 잔뜩 흘렸어요. 눈알을 굴리면서 공중제비를 넘었고 카펫을 물어뜯었지요. 하인의 다리도 꽉 깨물었어요. 어쨌든 그 하인에게 신세를 진 셈이죠. 이어서 식탁 다리를 물자 음식 그릇들이 떨어지더니 쨍그랑 소리를 내며 바닥에서 나뒹굴었어요. 그다음 난 소파 위로 뛰어 올라가서는 길 잃은 늑대마냥 소름이 끼치도록 울부짖었지요.

여주인은 헐레벌떡 일어나더니 문을 향해 달려갔어요. 하인은 이미 창문을 통해 제라늄 화단으로 몸을 던진 후였어요.

"하인은 창문으로 몸을 던졌어요."

'오스왈드!' 여자가 새된 목소리로 남편 이름을 불렀어요. '오스왈드, 빨리 와요! 개가 미쳤다구요!'"

↘ 3장 ↙

미친개

"오스왈드가 왔어요. 하지만 오래 있진 못했어요. 내가 으르렁 거리자 그 역시 창문을 통해 제라늄 위로 뛰어내렸거든요.

그다음엔 집사가 달려왔어요. 이젠 종이 계속 울렸고 문은 쾅 닫혔으며 사람들이 집 안 사방에서 소리를 질러 댔어요. 집사는 뚱뚱하고 거만한 바보였어요. 골프채로 무장을 하고 있었지요. 난 집사가 나타나자마자 그의 바지를 찢어 버렸고, 그가 휘두른 골프 채에 벽난로 위 선반에 있던 값비싼 화병 두 개가 박살나고 말았 어요.

집사 역시 황급히 몸을 피하면서 도와달라고 말했어요. 한편 난 거실을 빙글빙글 돌면서 쿠션을 허공에 던지고, 커튼을 갈기갈기

찢고, 가구를 뒤엎고, 울부짖으면서 온 사방에 비누 거품 칠을 해 댔어요. 여러분도 이런 미친개는 본 적이 없었을 거예요.

문제는 내 연기가 너무 좋았다는 점이었어요. 거실을 난장판으로 만든 다음 복도로 달려간 나는 지나가다가 재미 삼아 모자걸이를 넘어뜨렸어요. 그리고 거기서부터 정원을 향해 질주했어요. 정원에 도착해서야 난 내가 무슨 짓을 했는지 처음으로 깨달았지요. 온 사방의 덤불과 나무 뒤에 총을 가진 남자들이 서 있는 게 눈에 띄었어요. 탕! 탕!… 탕! 탕! 사방에서 총알이 날아들었어요. 소리만 들으면 전쟁이 난 것 같았지요. 내가 어떻게 그 난리통에서 도망쳤는지 모르겠어요. 주인은 정원사를 스무 명 남짓 두고 있었는데, 다행히도 모두 다 총 쏘는 솜씨가 형편없었던 것 같아요. 아무도 날 맞히지 못했지요. 총에 맞은 사람이 딱 한 명 있었는데 내가 찢어 버린 그 바지를 입은 집사였어요. 별일은 없었어요. 안됐지만 그날은 그에게 운수 나쁜 날이었지요.

정원 대문의 문살 사이를 통과할 수 있다는 걸 알고 있었던 나는 달리는 속도를 높여 정원 끄트머리로 향했어요. 안전하게 거리로 나온 나는 박사님 집 방향으로 전력을 다해 달렸어요. 뒤에서 적들의 외침과 총알이 나를 바짝 뒤쫓고 있었지요.

'미친개예요! 조심해요! 저놈 이빨에는 독이 있어요! 저놈을 쏴요. 미친개예요!'

앞에 있던 사람들은 죄다 자기 집 문 쪽으로 도망치거나, 가로등 기둥으로 기어 올라가거나, 재빨리 문 뒤로 숨거나, 담을 넘는

"총을 든 남자들이 덤불 뒤에 숨어 있었어요."

등 이 사회의 적인 내게서 도망치기 위해 수단 방법을 가리지 않았어요. 지나치게 영리했던 나는 내가 세운 야심찬 계획 때문에 목숨을 잃을 처지가 된 거였어요.

나는 전속력으로 달리면서 중얼거렸어요. '박사님, 박사님만이 날 구할 수 있어. 박사님이라면 이 멍청이들에게 설명하실 수 있을 거야. 박사님이야! 저들이 날 맞히기 전에 존 둘리틀 박사님 댁에 닿기만 하면 살 수 있어.'

난 길을 따라 급하게 내달리면서 나만 미친 게 아니라 이 세상도 미쳐버린 게 아닐까 하는 의심이 들기 시작했어요. 갑자기 이런 장면과 마주친 사람이라면 누구나 그렇게 생각할 게 분명해요. '미친개다!'라고 외치는 소리로 온 동네가 떠들썩해지고 그 소식이 이 집에서 저 집으로 전해지자 내가 미처 도착하기도 전에 사람들이 내 존재를 알게 되면서 난 사면초가에 빠지고 말았어요. 사람들은 이 층 창문으로 몸을 내밀고는 내가 지나갈 때에 맞춰 창틀에 있는 화분을 내던졌어요. 경찰들은 내게 권총을 쏴 댔지요. 어떤 사람은 로프를 이용해 내게 올가미를 씌우려 했어요. 내 앞길을 막기 위해 마차를 몰고 길을 가로질러 달려오는 사람도 있었어요. 모두가 내 적이었지요.

도망가는 내내 나는 뛰고, 구르고, 요리조리 갈지자로 달렸어요. 그 와중에 면도용 비누를 삼키는 바람에 죽을 만큼 아팠지만 멈출 수는 없었지요.

시끌벅적한 소동이 계속되자 운 좋게도 내가 도착하기도 전에 박사님이 대문 밖으로 나왔어요. 그리고 쫓기는 게 나라는 사실을 확인한 박사님은 곧장 날 대문으로 들여보낸 다음 문을 닫았지요. 내가 빠른 속도로 계단을 올라가서 정원을 지나 집으로 향하는 동안 총알과 산탄이 돌벽에 맞아 튕겨 나갔어요. 박사님은, 난 솔직히 박사님이 돌아가시는 게 아닌가 생각했어요, 휴전의 의미로 양손을 들더니 나를 쫓는 사람들을 만나기 위해 계단 중간으로 내려갔어요.

'저 개는 미쳤어요!' 총을 들고 뛰어오던 정원사 한 명이 소리쳤어요. '당신은 도대체 왜 그 개를 집에 들인 거요? 사람을 물지도 모르는데!'

5분도 채 지나기도 전에 사람들이 잔뜩 모인 계단 밑은 마치 극장을 방불케 했어요. 모두가 한꺼번에 소리를 질러 댔어요. 몇몇은 나를 데리고 나와 즉시 총을 쏴서 죽이라고 요구했어요. 군중이 존 둘리틀 박사님을 옆으로 밀치고 제멋대로 나를 처단하려 하던 바로 그 때 남편을 대동한 내 주인이 하인들을 잔뜩 이끌고 나타났어요.

물론 박사님은 숨을 헐떡거리면서 계단을 오르는 나를 보고 이야기를 듣기도 전에 내가 미친 척 연기를 하고 있다는 사실을 이미 짐작하고 있었어요. 박사님은 닫힌 대문 앞에 딱 버티고 서서 오스왈드와 대면했는데, 등 뒤에 하인 수십 명을 거느리고 선 오스왈드는 목에 힘이 바짝 들어가 있었어요.

'이봐요! 당신 집에 있는 저 개 주인은 나요!' 오스왈드가 박사님 면전에 주먹을 휘두르며 말했어요. '저 개는 미쳤어요. 내 아내와 하인 몇 명을 물었단 말이오. 지금 바로 죽여야 해요. 우리를 안으로 들여보내요.'

박사님은 매우 정중하게 말했어요. 난 서재 창문 밑에서 신경을 곤두세운 채 귀를 기울이고 있었지요. '저 개가 당신 소유인지는 모르겠지만 이 구역은 내 땅입니다. 당신은 들어갈 수 없어요. 이제 잠시 진정들 하시고 이 상황에 대해 얘기해 봅시다.'

'당신 말은 듣지 않을 거요.' 오스왈드가 단호하게 소리쳤어요. '저 개는 사람들 생명에 큰 위협이 된단 말이오. 죽여야 해요. 저 개가 내 아내를 물었소. 아내는 다쳤는데도 다른 사람들이 혹시 다치진 않았는지 걱정이 돼서 여기까지 온 거예요. 개를 당장 죽여야 해요. 지금 당장!'"

→ 4장 ←

박사, 설교를 하다

"이때쯤 결정적인 순간을 지켜보려는 사람들이 하나둘 모여들면서 군중 수가 갈수록 불어났어요. 그리고 상황은 박사님에게 점점 안 좋게 전개되기 시작했지요. 뒤에 있던 나이 든 농부 두 명이 대문으로 돌격하자고 장광설을 늘어놓으면서 사람들을 선동하기 시작했어요. 숨어 있는 서재 창문 뒤에서 보니 군중이 돌연 앞으로 밀려드는 것이었어요. 나는 오랫동안 달려온 탓에 아직까지 숨을 헐떡이고 있었어요. 그런데 집 뒤로 도망쳐야 한다고, 또 쫓겨야 한다고 생각하니 기분이 영 별로였지요.

하지만 박사님은 쉽게 밀리지 않았어요. 별안간 정원사 한 명이 들고 있던 권총을 낚아채더니 어깨 위로 들고 사람들을 바라봤지요.

'모두들 물러서세요.' 박사님이 곧바로 명령했어요. '여긴 내 집이고 치안판사가 서명한 수색영장이 없으면 아무도 들어갈 수 없어요.'

박사님 말에 크게 놀란 사람들이 곧장 뒤로 물러났어요. 난 다음에 무슨 일이 일어날지 궁금했어요. 그런데 박사님이 미처 무슨 말을 꺼내기도 전에 별안간 내 주인이 기절해서 남편 품으로 쓰러졌어요. 주인은 불현듯 자기가 얼마나 심하게 다쳤는지 깨달았던 것 같아요. 아무튼 그 여자는 자신의 그 거대한 무게로 작고 약해 빠진 가엾은 오스왈드를 깔아뭉개다시피 했지요.

잠시 동안 사람들의 관심이 '미친개'가 아닌 기절한 주인에게 쏠렸어요. 박사님이 대브대브를 시켜 집에서 물을 가져오게 한 다음 직접 먹이자 여자는 곧 의식을 되찾았어요.

그러자 박사님은 주인을 설득하기 시작했어요. 박사님은 의사로서 그리고 수의사로서 장담하건대 나는 결코 미치지 않았다고 말했어요. 그리고 상냥하지만 단호하게 내 주인이 개 기르는 방법을 하나도 모른다고 말했어요. 나에 대해 속속들이 꿰고 있었던 박사님은 바깥으로 쏘다니며 모험하는 걸 좋아하는 나를 내 주인이 안방에서 뒹굴기나 하는 바보 같은 애완견으로 만드는 바람에 내 성격이 엉망이 되어 버렸다고 확신했던 거지요.

박사님이 결론을 내렸어요. '그러니까 부인, 대플은 미쳤거나 광견병에 걸린 게 아니고 다만 어… 발작, 그러니까 당신으로 인해 발작 증상을 보이기 시작한 것뿐이에요. 부인, 발작은 굉장히

46

"내 주인이 별안간 정신을 잃었어요."

가벼운 병이지만 전염성이 아주 강하다는 점을 아셔야 합니다.'

　그때 경찰관 몇 명이 도착했어요. 농부들은 집으로 들어가서 나를 잡아야 한다며 경찰을 독촉했어요. 그런데 단호하게 자신의 집을 막고 있는 이 작은 남자가 의학박사이며 수의사이자 이름이 널리 알려진 자연학자라는 사실이 뒤늦게 밝혀지자 군중들 태도가 손바닥 뒤집듯 달라졌어요. 그렇게 권위 있는 학자가 내가 미치지 않았다고 주장하는데 누가 감히 그의 집을 침입해서 나를 총으로 쏘려고 하겠어요?

　박사님이 경찰관들에게 몸을 돌리더니 말했어요. '그 개를 제가 돌보도록 이 숙녀께서 허락만 한다면 전 기꺼이 맡을 용의가 있습니다. 그리고 부인.' 박사님은 덧붙여서 내 주인에게 이렇게 말했어요. '부인은 그 개가 당신 집을 좋아하지 않는다는 증거를 숱하게 봐 왔지요. 아시겠지만, 녀석이 집을 나와서 몸을 피하려고 나를 찾아온 게 벌써 몇 번째인지 몰라요. 어느 면에서 보나 부인이 녀석을 이곳에 두고 가시는 게 훨씬 자비롭고 훌륭한 선택이라고 생각되지 않나요?' 아내에게 짓눌려 있던 오스왈드가 별안간 몸을 일으키더니 말하기 시작했어요. '난 다시는 저 끔찍한 똥개를 집에 들이지 않을 거야! 난 곧…'

　거구의 아내가 몸을 돌리더니 오스왈드를 쏘아보자 작고 불쌍한 그 남자는 몸을 움츠리면서 그 자리에 주저앉았어요.

　내 주인이 말했어요. '오스왈드, 이건 내 일이에요.' 그리고 박사에게 몸을 돌리더니 말했어요. '난 그 개에게 아주 실망했어요. 난

48

그 개가 순혈종이라고 해서 샀는데, 우리 집보다 이런 곳을 더 좋아하다니 순혈종일 리가 없어요.' 그녀는 박사님의 작고 소박한 집을 향해 그 뚱뚱한 팔을 휘휘 내저었어요. '그렇게 배은망덕한 동물은 두 번 다시 보고 싶지 않아요. 자식에게도 그렇게 온 정성을 쏟지는 못했을 텐데…'

그녀는 흐느끼기 시작했어요.

연민을 느낀 박사님이 내 주인에게 다가가서 말했어요. '그 개는 골칫거리일 뿐이라는 걸 모르시겠어요? 당신은 녀석에게 너무 다정하게 대했어요. 그 개는 응석받이가 되는 게 싫었던 거예요. 원래 자기 자신이길 바랐지요. 녀석은…'

내 주인이 박사님 말을 일축했어요.

'그만해요! 당신이 개를 맡든지 말든지 알아서 해요. 난 그렇게 은혜를 모르는 녀석은 다시는 보고 싶지 않으니까. 오스왈드, 날 마차로 데려다줘요.'

그 뚱뚱한 여자가 나를 존 둘리틀 박사님 집에 둔 채 마차를 타고 영원히 사라지자 서재 창문 커튼 뒤에 있던 나는 너무 기쁜 나머지 공중제비를 돌았어요. 이제 난 나예요. 하지만 만약 그 여주인 집에 더 오래 머물렀다면 진짜로 미친개가 됐을 거예요. 박사님은 진짜 대단하신 분이에요."

개 구급차

→ 1장 ←

첫 환자

개 구급차 서비스를 시작한 건 이맘때였다. 이 서비스(기억하겠지만 이 아이디어는 원래 지프의 머리에서 나온 것이었다.)는 전적으로 개 클럽이 고안해서 체계화했다. 그건 역사적으로 처음 생긴 개 구급차였다. 개 구급차에 대한 설명과 서비스 개시 행사에 관한 내용은 내가 쓴 책, 『잡종개 아파트 이야기』에 꽤 자세히 적은 것 같다. 지프와 의논한 후 나는 이 이야기를 달마티안 이야기 다음에 싣기로 결정했다.

우리는 며칠 동안이나 내리 거리에서 마차에 치인 개, 말에게 걸어차인 개, 아픈데 집도 없이 떠돌아다니는 개 등 심하게 다친 개 환자들과 마주쳤다. 이들이 치료를 받고 싶어서 박사님을 찾아

왔을 때는 대부분 이미 상태가 너무 심각해서 박사님이 치료하는 데 어려움을 겪곤 했다.

어느 날 아침, 지프가 아침 식사를 하고 있는 내게 와서 말했다. "토미, 개 구급차가 있어야겠어. 분명히 박사님도 우리 생각에 동의하실 거야. 우리가 몸에 독이 퍼진 클링을 데려왔을 때 내가 이미 박사님께 구급차에 대해 말씀드린 적이 있으니까. 박사님도 괜찮은 아이디어라고 생각하셨어. 잡종개 아파트에 잡종 그레이하운드 두 마리가 있어. 생긴 건 웃긴데 뛰는 속도는 엄청나. 녀석들이 벌써 돌아가면서 그 일을 하겠다고 자원했어. 그러니까 그 부분은 문제가 없을 거야. 우리에게 필요한 건 구급차로 쓸 수레하고 그레이하운드에게 채울 마구야. 토미, 네가 수레를 만들고 네 아버지께서 마구를 만들어 주실 수 있을까?"

내가 말했다. "글쎄 지프, 잘 모르겠지만 한번 해 보고 싶어."

그날 저녁 난 아버지가 계시는 스터빈스 구둣방에 갔고, 아버지는 꽤나 바쁘지만 틈틈이 시간을 내어 우리에게 마구를 만들어 주시기로 했다. 그다음 난 자신이 기계 정비에 일가견이 있다며 뻐기곤 하는 아프리카 왕자 범포와 함께 작업에 착수했고, 고무로 된 유모차 바퀴와 낡은 침대에서 뺀 용수철, 포장용 상자를 이용해서 개가 끌기에도 충분히 가볍고 꽤 근사하게 생긴 탈것을 완성했다. 우리는 거기에 흰색 페인트를 칠한 다음 적십자 깃발과 종을 달았다. 우리가 완성한 작품은 아주 우아했다.

마구가 준비된 후 잡종 그레이하운드 한 마리를 수레에 맨 다음

우리가 완성한 작품은 아주 우아했다.

외과 의사 조수인 지프가 수레를 몰고 시속 50킬로미터로 동물 마을 주변을 돌자 마을 주민들은 기절초풍할 만큼 놀랐다.

염려했던 모두가 이 새로운 개 구급차를 무척 자랑스러워했다. 구급차 서비스가 시작되자 그레이하운드는 밤낮을 가리지 않고 비상호출에 응답하기 위해 언제나 마구를 맨 상태로 출동 준비 태세를 갖추고 있었다.

지프가 말했다. "맘에 들어, 토미. 꼭 필요한 거였는데. 이제 시간을 지체하지 않고 중환자들을 진료소로 데려올 수 있겠어."

종종 그렇듯, 우리는 모든 긴급 상황에 대비하기 위해 새로운 개 구급차를 준비했지만 막상 그것을 시험해 볼 환자가 없었다. 갑자기 아픈 개가 종적을 감춘 듯했다. 용맹스런 그레이하운드 기마들은 아침부터 밤까지 마구를 찬 채 대기했지만 이들을 찾는 이는 하나도 없었다.

동물 마을 응급 의료 서비스의 총책임자인 지프와 클링, 토비는 몹시 실망했다. 지프는 새 구급차를 시험 운영하는 데에 혈안이 된 나머지 가까운 시일 안에 환자가 생기지 않는다면 환자를 한 마리 만들어야겠다고 토비와 몰래 작당을 했다.

며칠 동안이나 지루하게 기다린 끝에 결국 이들은 (심지어 박사님과 내게 말도 없이) 구급차를 몰고 위풍당당하게 퍼들비 거리로 나섰다. 이들이 그렇게 한 이유는 주민들에게 눈부시도록 우아한 구급차를 보여 주려는 의도도 있었지만 자신들의 서비스를 시험할 '환자'를 우연히 발견할지도 모른다는 기대감 때문이기도 했다.

그들은 도시를 행진하다가 뒷거리의 쓰레기 더미에 앉아 있는 박사님의 애완돼지인 거브거브와 마주쳤다. 거브거브는 쓰레기 더미 뒤지기 도사였는데, 상한 순무를 먹고는 배가 아픈지 얼굴이 초록색으로 변해 가고 있었다.

"아! 중환자다!" 지프는 소리를 지르며 당당하게 구급차를 몰고 쓰레기 더미를 향해 달려갔다. 환자 운반을 맡은 클링과 토비는 외과 의사 지프의 지시에 따라 눈 깜짝할 새에 불쌍한 거브거브를 덮치더니 녀석을 구급차로 끌고 가기 시작했다. 머지않아 그들에게 자신들의 새 장비를 시험할 개 환자가 생기긴 하겠지만, 지금은 돼지 한 마리라도 있는 게 나았다.

"나 좀 내버려둬!" 거브거브는 사방으로 발길질을 하며 고함을 질러 댔다. "난 그냥 배가 살짝 아플 뿐이야! 너희들 구급차에 타고 싶지 않다구!"

지프가 명령했다. "녀석 말을 들을 필요 없어. 맹장염일 가능성이 높아. 이봐들, 긴급 환자야. 빨리 가야 해!"

셋이 힘을 합쳐 뚱뚱한 거브거브의 몸뚱아리를 구급차 쪽으로 굴렸다. 지프가 운전석으로 튀어오르는 동안 토비와 클링은 몸부림치는 환자를 움직이지 못하게 깔고 앉았다. 잡종 그레이하운드는 박사님 집을 향해 쏜살같이 내달렸다. 한편 지프는 구급차가 달리는 길을 트기 위해, 그리고 개 구급차를 이용해 박사님 진료실로 향하는 첫 환자가 내지르는 괴성을 감추기 위해 시끄럽게 종을 울려 댔다.

녀석은 쓰레기 더미 뒤지기 도사였다.

↘ 2장 ↙

킹스브리지에서 일어난 사고

그건 숨 막히는 경험이었다. 구급차 직원들에게도, 그 모습을 바라보는 마을 주민들에게도 그랬지만 무엇보다도 환자에게 그 랬다. 구급차는 적어도 속도에 관한 한, 그때까지의 기록을 모조 리 갈아치웠다. 하지만 구급차에 실은 환자를 병원까지 옮기는 시 간은 전혀 다른 문제였다. 사실 구급차에 탄 이 첫 환자는 결국 진 료소까지 가지 못했다. 순서대로 이야기를 해야 할 것 같다.

낯설게 생긴 수레가 요란한 종소리와 함께 멈추라는 교통경찰 의 말도 무시한 채, 모퉁이를 지나서 하이 스트리트를 쏜살같이 달리자 겁이 난 행인들이 홍해 갈라지듯 양쪽으로 쫙 흩어졌다. 구급차는 킹스브리지에서 첫 번째 사고를 냈다. 강 저편으로 이어진 킹스브리지 길이 좁아지기 시작했다. 그레이하운드가 행상의 수레를 피하려고 가로등 쪽으로 바짝 붙어서 달렸다. 환자를 운반하는 직원과 보조 의사인 지프가 탄 구급차에 뚱뚱한 거브거브까지 태우다 보니 승객들의 몸무게는 구급차에 달린 용수철이 지탱할 수 있는 한계를 넘어선 지 오래였다. 그리고 구급차 오른쪽 뒷바퀴의 가운데 부분이 가로등의 맨 아랫부분에 살짝 닿기만 했는데도 손님을 잔뜩 실은 채 위태롭게 달리던 구급차는 균형을 잃었고, 의사와 운반 직원들과 환자는 다리 난간 위로 몽땅 내동댕이쳐지고 말았다.

그 사고가 일어난 즈음은 썰물 때였다. 이 때에는 좁고 빠르게 흐르는 물살 끝으로 검은 갯벌이 넓게 펼쳐지곤 했다. 그 때가 썰물 때였던 게 환자인 거브거브에게는 천우신조였던 반면 직원들은 아니었다. 밀물 때였다면 수영 실력이 빵점인 거브거브는 강둑에 닿을 때까지 숱한 고생을 했을 게 뻔했다. 반면에 지프와 클링, 토비는 검은 갯벌에 떨어질 바에는 차라리 깨끗한 물에서 헤엄치는 게 나았을 것이다.

넷 모두 갯벌에 철퍼덕 떨어졌다. 낙하하는 모습은 멋졌지만 외모까지 멋진 건 아니었다. 부상자에 대한 자신들의 임무를 잊지 않은 용감한 구급대원들은 머리부터 발끝까지 시커먼 진창을 뒤집어쓴 채 비명을 지르며 몸부림치는 환자를 갯벌 속에서 빼냈다. 다행히도 단단한 땅까지 거리가 몇 미터밖에 되지 않았다. 구급대원들은 몸무게 때문에 남들보다 더 깊이 빠진 환자를 간신히 진창

HUGH LOFTING

구급차가 승객들을 죄다 난간 위로 내동댕이쳤던 것이다.

에서 빼내어 뭍으로 끌고 갔다. 거브거브는 쓰레기 더미에서 강제로 구급차에 실렸을 때는 환자가 아니었는지 몰라도 구급대원들에 의해 강변 갯벌에서 구출됐을 때는 확실히 치료가 필요한 상태였다.

검은 진창 제복으로 쫙 빼입고 킹스브리지로 되돌아온 구급대원들은 환자를 데굴데굴 굴려서 구급차에 태웠고, 자신들도 구급차로 뛰어오른 다음 다시 엄청나게 빠른 속도로 달리기 시작했다. 사실 이들은 더 빠른 속도로 달렸는데, 강에서 난 사고 때문에 몰려든 군중이 언제라도 자신들을 멈춰 세울지 모른다고 생각했기 때문이었다.

1.5킬로미터 정도는 순조롭게 달렸다. 그런데 전속력으로 옥슨소롭 길로 접어들 무렵 이들은 또 다른 사고를 내고 말았다. 맵시 있게 차려입은 포메라니안 한 마리가 밥을 잔뜩 먹은 다음 품위 있는 걸음걸이로 길을 건너고 있었다. 그런데 기이하게 생긴 수레가 자신을 향해 시속 60킬로미터의 속도로 달려오자 이 포메라니안은 벼룩의 간만큼 있던 분별력마저 상실한 채 이리저리 갈지자로 달리다가 결국 구급차의 앞바퀴에 깔리는 사고를 당하고 말았다. 구급차가 뒤집히지는 않았지만 포메라니안 위로 덜컹대며 지나가는 바람에 환자 거브거브는 다시 튕겨 나가고 말았는데, 이번에 환자가 떨어진 곳은 바로 시궁창 속이었다. 맹렬하게 달리던 그레이하운드는 그 자리에 멈춰 섰고, 의욕이 넘쳤던, 어쩌면 의욕만 넘쳤던 의학도 지프는 상황을 수습하기 위해 재빨리 환자에

게 달려갔다.

환자는 시궁창에 벌러덩 누워서 네 다리를 허공에 흔들며 발악을 하고 있었다. 길 한가운데에 뻗어 버린 뚱뚱한 포메라니안 역시 분노와 공포에 사로잡혀 울부짖고 있었다. 지프와 구급대원 토비, 클링은 서둘러 전문가 협의회를 열었다. 구급차에 두 환자를 다 실을 수는 없었다. 그들의 첫 임무는 첫 환자를 옮기는 것이었다. 하지만 개 구급차는 원래 개를 위해 만들어진 것이었고, 지금 바로 여기에 싣고 가야 할 환자가 있었다. 그런데 대원들이 회의를 하는 동안 구급차를 타고 위험한 질주를 계속하게 될지도 모른다는 생각에 덜컥 겁이 난 거브거브가 별안간 시궁창에서 튀어나오더니 달아나기 시작했다. 구급차에서 떨어진 데다 배까지 아파오자 머리끝까지 화가 난 나머지 지프의 응급 구조 서비스에 정나미가 뚝 떨어져 버린 탓이었다.

덕분에 개 구급차 직원들을 골치 아프게 했던 문제가 자연스럽게 풀렸다..지프는 포메라니안의 목덜미를 입으로 물고 강아지를 옮기듯 구급차에 싣고는 다시 한번 구급차로 뛰어오른 다음 출발 지시를 내렸다.

구급차가 날 듯이 2킬로미터쯤 달렸을 때 지프는 문득 환자 운반 직원 둘을 뒤에 두고 왔다는 사실을 깨달았다. 하지만 클링과 토비는 전속력으로 구급차를 뒤쫓은 끝에 아슬아슬한 2, 3등으로 진료소에 도착할 수 있었다.

지프는 강아지를 옮기듯 포메라니안을 구급차에 실었다.

3장

환영받지 못한 구급대원들

첫 임무를 마친 후 돌아왔을 때 박사님의 반응을 본 지프와 클링, 토비는 모두 맥이 빠지고 말았다. 일단 내가 보기에도 구급차를 처음 봤을 때 느껴졌던 세련미는 거의 찾아볼 수 없었다. 바퀴는 휘어져서 덜컹거렸고 종 기둥은 엿가락처럼 굽었으며 종은 온데간데없이 사라졌을 뿐 아니라 운전석 밑에 둔 구급상자가 열리는 바람에 다 풀린 붕대들이 길 저 뒤편부터 먼지가 묻은 채 질질 끌려오고 있었다. 머리부터 발끝까지 진창과 먼지를 뒤집어쓴 구급대원들은 녀석들이 개라는 사실만 어렴풋이 짐작할 수 있을 뿐이었다.

환자 포메라니안은 구급차가 멈추자마자 혼자 힘으로 들것에서 내려오더니 박사님을 향해 길고 분노에 찬 연설을 시작했다. 녀석은 구급차의 난폭 운전 때문에 자신이 사고를 당했을 뿐 아니라 자기 집 대문 앞에서 자신을 납치했다며 지프와 동료 대원들을 맹비난했다.

녀석의 장광설이 끝나자마자 마차를 타고 현장에 나타난 녀석의 주인이 또다시 긴 비난을 퍼부어 댔다. 주인은 박사님과 제정신이 아닌 데다 사납기 짝이 없는 동물 가족들에 대한 악명을 익히 들었다며 경찰에 신고할 거라고 했다. 사람이 개들을 훈련시켜서 다른 개를 납치하는 건 용납할 수 없는 일이라고도 했다.

박사님이 막 그녀에게 대답하려고 할 때 거브거브가 도착했는데, 마치 자기가 하지도 않은 일 때문에 벌 받은 아이마냥 울부짖고 있었다. 거브거브는 구급대원들이 원하지도 않는 자신을 구급차에 싣고 달리다가 다리 아래로 떨어뜨리는 바람에 강물에 빠졌고, 또 울퉁불퉁한 거리를 전속력으로 질주하던 구급차에서 결국 시궁창으로 내던져졌다며 적십자 대원들의 만행을 구구절절 읊었다.

이들의 장광설이 끝날 즈음 구급대원들은 공익을 위해 시작한 구급 서비스가 엉뚱한 방향으로 흘러간 나머지 사람들이 약간 오해를 하고 있다고 생각하기 시작했다. 그레이하운드는 도망치듯 울타리가 쳐진 동물원으로 향했고, 그곳에서 범포는 마구를 벗겨 녀석을 부서지기 일보 직전의 수레에서 해방시켜 주었다. 비참한 기분이 든 지프와 클링, 토비는 박사님에게 자초지종을 설명하려는 시도조차 포기하고 물고기 연못으로 가서는 몸을 덮은 진흙을 씻어 냈다. 녀석들은 저녁 먹으러 갈 때까지 단 한 마디도 하지 않았다. 그러다 지프가 침묵을 깨고 말했다. "우린 돼지 녀석을 태우지 말았어야 했어. 걘 뭐든 망치는 게 특기라니까."

기절한 남자

↘ 1장 ↙

강도

　탐정개로 알려진 클링은 둘리틀 박사님의 잡종개 아파트에 살았다.

　탐정 이야기를 사랑해 마지않았던 거브거브는 클링에게 새로운 일을 시작하라고 재촉했는데, 진짜 탐정이 일하는 모습이 너무나도 보고 싶었기 때문이었다. 그런데 우연히도, 다소 기이한 방식으로 거브거브의 소원이 실현되었다.

　지프가 집 근처에서 코를 킁킁거리며 자신이 묻어 두고 잊어버린 뼈를 찾아 헤매다가 길 한가운데에 의식을 잃고 쓰러져 있는 남자 한 명을 발견했다. 지프는 그 즉시 우리를 잠자리에서 끌어낸 다음 그 이상한 사람에게 데리고 갔다.

남자 한 명이 의식을 잃은 채 길 한가운데에 쓰러져 있었다.

존 둘리틀 박사님의 운명은 좋든 싫든 다시 한번 이웃들이 연루된 사건과 엮이게 되었다. 설령 의사가 아니었다 해도 박사님이 자신의 대문 앞에 쓰러져 있는 부상자를 나 몰라라 하시지는 않았을 것이기 때문이다. 그 당시 같이 살고 있었던 범포와 내가 박사님을 도와서 그 남자를 옮긴 다음 진료소의 진찰대에 눕혔다.

난 처음엔 그 남자의 머리 뒤에 생긴 엄청나게 큰 혹을 보고 크게 다쳤을지도 모르겠다고 생각했지만 부상은 심각한 건 아니었다. 잠시 후 그 남자는 박사님 덕분에 의식을 되찾았다. 그리고 눈을 뜨자마자 이렇게 말했다. "전 강도를 당했어요. 강도가 제게서 큰돈을 훔쳐 갔다구요."

"오!" 진료소에서 듣고 있던 거브거브가 말했다. "기절한 남자의 수수께끼라… 좋았어! 클링을 찾아야겠어."

옷차림으로 볼 때 그 남자는 마부나 마구간지기 같았다. 남자는 어느 정도 정신이 들자마자 질문도, 박사님의 재촉도 기다리지 않고 자신이 당한 사고 이야기를 쏟아 내기 시작했다.

남자가 말했다. "전 제 상사가 옥슨소롭에 있는 은행에 갖다주라며 맡긴 돈 40파운드를 가지고 있었어요. 전 이곳 선생님의 집 대문 밖에서 장화 끈을 묶으려고 잠깐 멈췄는데, 그때 뒤에서 누군가가 제 머리를 사정없이 갈겼어요. 그 후로는 이곳에서 정신이 들 때까지 모든 게 암흑 천지였지요. 만약 돈이 없어졌다는 사실을 제 상사가 안다면 큰 소동이 일어날 게 뻔해요. 선생님께서 제 편을 좀 들어 주시지 않겠어요? 선생님께서 제 말을 입증해 주세요. 선생님은 의사시지요?" 그 남자는 진료소 안의 붕대와 병들을 쳐다보며 말을 마쳤다.

존 둘리틀 박사님이 말했다. "어… 네, 저는 의사예요. 그런데 왜 그렇게 불안해 하는 거지요? 지금 말한 게 일어난 일 그대로라면 누구든 당신 말을 믿을 거예요. 우리가 아는 건 길에 의식을 잃은 채 쓰러져 있던 당신을 발견했다는 사실뿐이에요. 그 사실 말고 다른 건 증언할 수 없습니다. 만약 당신이 강도를 당했다면 경찰이 당신의 상사를 위해 돈을 되찾아 줄 수 있을 겁니다."

돼지 거브거브가 진료소 진찰대 밑에서 나오더니 박사님의 다리를 쿡 찔렀다.

"제가 클링을 데려왔어요. 클링이 곧 이 문제를 해결할 거예요."

박사님이 재빨리 속삭였다. "아니, 이건 우리 일이 아니고 경찰 일이야. 우린 이 일에서 빠져야 해."

그 남자가 말을 이었다. "어떻게 될지 아무도 몰라요. 제 상사는 제가 돈을 훔쳤다고 할지도 모른다구요. 박사님, 제 편에 서 주세요, 네?"

박사님은 다소 난처한 듯 대답했다. "저는 제가 말한 대로 할 겁니다. 더 이상은 할 수 없어요. 하지만 걱정하지 마세요. 당신의 상사에게 사실을 말하세요. 그럼 모든 게 괜찮을 거라고 장담해요. 이제 중심을 잡고 걸을 수 있겠어요?"

남자는 진찰대에서 내려오더니 몇 걸음 옮겨 보았다.

남자가 말했다. "네, 걸을 수 있을 것 같아요. 고맙습니다, 박사님. 전 가 보겠습니다. 그런데 나중에 박사님께 증인으로 나와 달라고 요청을 드려야 할 것 같아요."

존 둘리틀 박사님이 말했다. "알겠어요. 바쁘긴 하지만 사건에 대해 아는 대로 진술하겠어요. 이리로 와서 당신을 데려가 달라는 전갈을 보낼까요?"

남자가 말했다. "아니오, 사양하겠습니다. 걸을 수 있습니다."

그 남자를 따라 정원으로 가서 남자가 계단을 내려가는 걸 지켜보는데, 클링과 지프가 대문 반대쪽 길을 아주 꼼꼼히 살펴보고 있는 게 눈에 띄었다. 그리고 일이 어떻게 돼 가고 있는 건지 궁금하기 짝이 없었던 거브거브가 그 모습을 지켜보고 있었다. 그런데 두 녀석은 거브거브가 접근하는 걸 막느라 여념이 없었다. 먼지 속에 남겨진 흔적이 돼지 발자국으로 엉망이 될까봐 전전긍긍하는 게 확실했다.

남자가 떠나자 박사님은 아침 식사를 하기 전 몇 분이라도 더 책 집필을 하기 위해 서둘러 서재로 향했다. 나는 살림꾼인 오리 대브대브가 우리를 부엌으로 부를 때까지 시간도 보낼 겸 탐정개가 조사하는 걸 보기 위해 길 쪽으로 걸어갔다. 내가 계단 맨 밑에 도착해서 목소리를 죽이고 말을 걸자 클링을 경외심 어린 눈길로 바라보던 지프가 내게 다가왔다.

"토미, 녀석은 기가 막혀. 정말 기가 막힐 따름이야. 녀석은 아까 그 남자가 말한 내용 중 절반은 사실이 아니라는 것과 남자가 우리에게 아예 말하지 않은 다른 많은 일들이 일어났다는 걸 이미 알아냈어. 일단 그 남자에게는 말이 있었어."

"세상에! 그 남자는 노상강도였던 게 분명해." 슬금슬금 다가오더니 우리에게 합류한 거브거브가 끼어들었다. 지프는 업신여기듯 그 말을 무시했다.

지프가 말을 이었다. "난 내가 발자국을 찾는 데엔 도사라고 생각했거든. 그런데 클링과 비교하니 난 그저 아마추어일 뿐이었어. 클링은 아직까지는 이 사건에 대해 말을 아끼고 있어. 하지만 내생각에 클링은 이미 머릿속으로 무슨 일이 일어났었는지 다 파악한 게 분명해."

사실 클링은 벨기에에서 경찰서를 떠난 이후 탐정 일은 이제 다시는 하고 싶지 않다고 말하곤 했다. 그런데 거브거브와 지프의 아첨 섞인 감탄이 얼마나 대단했는지 이 유명한 탐정개가 자신의 옛 일에 발을 들여놨던 것이다. 아침 식사 후 지프와 클링, 두 녀석이 사라졌다. 두말할 것도 없이 '그 사건' 때문이었다. 내가 보기엔 녀석들이 박사님을 이 일에 끌어들이지 않는 한 별 문제는 없을 것 같았다.

하지만 다음 날 아침 격노한 대브대브가 나를 깨웠다.

대브대브가 말했다. "토미, 넌 당장 저 끔찍한 개들이 말도 안 되는 탐정 짓 하는 걸 막아야 해. 넌 걔들이 지금 뭘 하고 있다고 생각해?"

"대브대브, 무슨 말이야? 도무지 무슨 말인지 모르겠어." 난 졸린 눈을 비비며 앉으면서 말했다.

"그럼 현관으로 가서 한번 봐." 대브대브가 말했다.

나는 여전히 반쯤 깬 상태로 급히 옷가지를 걸친 다음 대브대브를 따라 아래층으로 내려갔다.

"현관문을 열어." 대브대브가 말했다.

대브대브 말대로 했다. 그러자 문 앞에 산더미처럼 쌓여 있었던 것으로 보이는 낡고 후줄근한 신발 더미가 복도로 우수수 쏟아져 들어왔다. 문에서 보니 현관으로 연결된 길에 막 도착한 지프와 클링이 그 신발 더미에 보탤 신발들을 한 짝씩 물고 있었다.

내가 외쳤다. "세상에, 클링! 이게 다 뭐야? 너희가 난장판으로 만든 이 현관을 누가 보기라도 하면 박사님이 중고 옷 장사라도 시작하시는 줄 알겠어."

지프가 속삭였다. "쉿! 토미, 문 닫고 잠깐 밖으로 나와 봐. 클링이 설명할 거야."

대브대브가 화가 나서 꽥꽥거렸다. "설명해! 이 쓰레기들이 뭔지! 클링은 물어뜯으려고 신발들을 이리로 가져온 게 분명해. 녀석은 거브거브랑 녀석의 야채 추리극만큼이나 진상이야." 내가 대브대브의 노여움을 뒤로 한 채 문을 닫고 개들을 따라 내려갈 때 대브대브가 덧붙였다.

"너희들, 만약 아침 먹기 전에 내 현관에서 그 쓰레기들을 다 치우지 않으면 아침은 물론이고 점심도 없을 줄 알아."

잡목림에 난 발자국

두 녀석은 별 말 없이 나를 길로 데려가더니 오른쪽으로 돌아 옥슨소롭 쪽으로 300미터가량 걸어갔다. 그리고 농장 문을 통과해서 초원으로 뛰어가더니 초원을 곧장 지나 중앙에 있는 잡목림 쪽으로 향했다. 그곳으로 향하는 우리를 본 사람이 없는지 확인하기 위해 주위를 둘러본 녀석들은 나를 이끌고 잡목림을 둘러싸고 있는 생울타리 사이를 지나 잡목림 속으로 들어갔다. 그 안에는 나무들 뒤로 탁 트인 공간이 있었는데, 땅은 축축하고 이끼로 뒤덮여 있었으며 풀이 거의 자라지 않았다.

클링이 나를 참나무 밑으로 데려가며 말했다. "이곳에 돈이 묻혀 있어. 그러니까 저 주머니 안에 돈이 들어 있어."

이곳 땅은 죄다 파헤쳐져 있었는데 냄새를 따라 온 녀석들이 파헤친 게 분명했다. 파헤쳐진 흙 사이에 작은 천 주머니가 있었다. 난 그걸 집어 들고 흔들어 보았다. 안에서 짤랑짤랑 금 소리가 났다.

클링이 말했다. "그리고 토미, 이리로 와 봐." 클링을 따라 나무에서 몇 미터 정도 더 갔더니 가지가 쭉 뻗은 키 큰 산사나무 밑에 움푹 파인 공간이 초록 이끼로 덮여 있었다. 비가 오면 연못이나 습지로 변할 법한 곳이었다.

클링이 자신의 코로 가리키며 물었다. "저거 보여?"

내가 말했다. "응, 발자국 말이지?"

"저것 때문에 우리가 신발들을 주워 모은 거야." 녀석이 말했다. "우린 저 발자국에 맞는 신발을 찾고 있어."

내가 물었다. "그런데 이 세상의 그 많은 신발 중에서 저 발자국에 맞는 신발을 어떻게 찾겠다는 거야?"

클링은 고집 세고 바보 같은 어린애와 언쟁을 벌이는 교수마냥 참을성 있게 말했다. "이 세상의 모든 신발 중에서 저 발자국에 맞는 신발을 찾는 게 아니라 어젯밤 바로 이 근처에 버려진 신발 중에서 찾으면 되는 거야. 두 경우는 완전히 달라. 우린 이 발자국의 주인이 신발을 버렸다는 사실을 알아냈는데, 발자국하고 냄새를 따라가 봤더니 이 사람이 양말 바람으로 걷기도 했더라구. 그래서 우리가 생울타리 아래랑 이 근처를 샅샅이 뒤져서 신발이란 신발은 모조리 모았지. 그리고 이제 네가 우리가 가져온 신발 중에서 저 발자국과 일치하는 신발을 찾아 줬으면 해."

안에서 짤랑짤랑 금 소리가 났다.

내가 물었다. "그런데 클링, 그냥 이 발자국 주인을 찾는 것보다는 그 냄새를 따라가면서 사람을 찾는 게 더 확실하지 않아?"

클링이 이맛살을 찡그리며 말했다. "냄새란 게 말이야 좀 미묘해. 이곳까지는 냄새가 아주 강해서 돈이 묻혀 있는 곳이랑 그곳 너머까지 찾아가는 게 식은 죽 먹기였어. 그런데 여기서 800미터쯤 떨어진 곳에서 냄새가 사라졌어. 양말 발자국도 사라졌고. 누구든 그 냄새 주인은 자신의 흔적을 감출 줄 아는 사람인 게 틀림없어. 아마 예전에 범죄자였을 거야."

"그렇다면 넌 지프가 길에서 발견한 그 남자가 돈을 숨겼을 거라고는 생각하지 않는 거니?" 내가 물었다.

"분명히 아니야." 클링이 재빨리 말했다. "그 사람이 진료소에 있었을 때 우리가 체취를 맡아서 그 사람 냄새를 기억하고 있거든. 돈을 훔쳐서 땅에 묻은 사람과 그 사람이 공범인지는 아직 모르겠어. 공범인 것 같기는 해. 왜냐하면 그 남자가 박사님께 한 이야기는 전혀 솔직한 진술이 아니거든. 하지만 돈을 여기로 가져와서 땅에 파묻은 사람은 그 남자가 아니야. 그건 저 발자국 주인이 한 짓이지. 그런데 자기 뒤로 발자국이 남는다는 걸 깨닫고는 겁이 난 나머지 신발을 벗어 버린 거라고 난 생각해."

내가 말했다. "그런데 그 남자가 신발을 버렸다는 걸 어떻게 알아? 신발을 들고 갔을 수도 있잖아?"

클링이 말했다. "그건 아직 확실하지는 않아. 하지만 어느 정도는 장담할 수 있어. 우선 그 발자국 때문에 경찰에게 쫓기는 게 겁이 났다면, 자기 집에 신발을 두고 싶지 않았을 거야. 남자가 쓰러져 있었던 곳과 가까운 들판에 발자국을 잔뜩 남겼으니까. 게다가 그 사람들은 이미 삽이랑 땅을 파헤칠 만한 다른 도구도 들고 있었어. 그 사람은 자기 집에서 멀리 떨어지지 않은 곳에 있었던 게 분명해. 그렇지 않았다면 양말 바람으로 돌아갈 생각을 못 했을 거야."

내가 물었다. "그 사람이 금이든 뭐든 중요한 걸 두고 다투다가 지프가 발견한 그 남자를 쓰러뜨렸다고 생각해?"

클링이 말했다. "그럴 수도 있겠지만 난 그렇게 생각하지 않아. 내 생각엔 지프가 그곳에 가기 전에 그 사람이 길에 쓰러져 있는 남자를 먼저 발견했다고 봐야 할 것 같아. 처음에 그 남자가 죽었 거나 죽어 가고 있다고 여긴 그 사람은 길에 난 자기 발자국이 그 남자 쪽으로 향해 있으니까 그 남자를 그렇게 만든 사람으로 자신 이 의심을 살까 봐 겁을 집어먹었겠지."

클링이 말을 이어 갔다. "그 사람은 일단 자기 발자국을 감춘 다 음 돈을 숨기려 했을 게 분명해. 자기가 의심을 살 수도 있으니까. 그리고 관심이 한풀 꺾이면 나중에 와서 흙을 파내고 돈을 가져가 려고 했겠지. 그러니까 우리가 이곳을 떠나기 전에 제일 먼저 할 일은 우리 발자국을 지우고, 우리가 발견한 것을 제자리에 놔 둔 다음 그 사람이 돌아올 걸 대비해 누구든 망을 보도록 해야 해. 하 지만 꽤 긴 시간 동안 그 사람이 움직이지 않을지도 몰라. 훌륭한 탐정들은 허술한 구멍을 남기지 않지. 우린 토비나 스위즐이 이곳 덤불에서 몸을 숨긴 채 망을 보게 할 거야."

"그럼 넌 우리가 이 돈을 제자리에 두는 게 낫다는 거야?" 내가 물었다.

클링이 말했다. "아, 물론이지. 개 한 마리가 지키고 있는 한 그렇게 하는 게 훨씬 안전해. 우리가 이미 아는 정보를 발설하지 않는 게 사건 전모를 알아내는 데 더 도움이 될 가능성이 커. 훌륭한 탐정들은 언제나 아무것도 모르는 척, 바보인 척 행동하지."

그리하여 우리는 우리 생각대로 잡목림 안에 무대를 마련했다. 노련한 범죄자를 상대하고 있다는 걸 알게 된 클링은 우리가 그곳에 왔었다는 흔적을 남기지 않기 위해 고심했다. 돈이 담긴 주머니가 있는 구멍을 다시 흙으로 메운 클링은 천천히 조심해서 잡목림 속 땅을 밟으며 이동했다. 이끼나 잡목에 남은 우리 발자국은 샅샅이 지웠다. 녀석은 우리가 이곳을 지나갔다는 게 들통날까봐 찢긴 나뭇잎이나 뒤로 쏠린 가지들이 있는지 잡목림을 둘러싸고 있는 산사나무들까지 철저하게 살폈다.

"돌아가자마자 스위즐하고 토비를 이리로 데려와야겠어. 녀석들이 돌아가면서 망을 보면 될 거야." 초원을 지나 대문으로 향할 때 클링이 말했다.

떠나기 전 난 어떤 신발이 발자국과 맞을지 아이디어를 얻기 위해 종이에다 연필로 발자국 모양을 대충 그려 뒀다. 물론 그림이 별로 정확하지도 않았고 집에서 어느 신발이 맞는지 확신할 수도 없었지만, 어쨌든 그림의 도움으로 현장에 가져갈 신발 개수를 줄일 수 있었다.

→ 3장 ←

발자국에 맞는 신발

돌아오는 길에 박사님 집에 거의 다 왔을 때 세 남자가 계단을 내려오는 모습이 보였다. 박사님은 계단 맨 위에 서서 그들을 바라보고 있었다. 박사님은 걱정스러워 보였고, 당황한 듯한 표정이었다.

클링이 즉시 쏜살같이 뛰어가더니 그 사람들을 앞질러 갔다. 녀석은 별 볼일 없는 척했지만 난 녀석이 그 사람들 옆을 지나갈 때 멈춰서 코를 킁킁거리는 걸 보고 클링이 자신이 알고 있는 그 냄새의 주인을 찾고 있다는 걸 눈치챘다.

나는 박사님과 함께 현관문 쪽으로 난 정원 길을 걸으면서 물었다. "저 사람들은 누구예요, 박사님?"

"아, 성가시구나, 스터빈스!" 박사님이 짜증난다는 듯 말했다. "난 모르겠고, 알고 싶지도 않아. 우리가 길에서 발견한 그 남자랑 사라진 돈하고 관련이 있어. 체격이 큰 저 두 사람은 사복형사거나 사설탐정이야. 내가 자신들과 함께 온 키 작은 남자를 아는지 알고 싶어 하더구나. 그 남자는 그 일을 저지른 범인으로 몰려 구속된 상태야. 저 사람들은 내게 그 남자를 전에 본 적이 있는지 물었어. 난 한 번도 본 적이 없어. 세상에, 난 그자가 누군지 전혀 몰라."

"하지만 난 알아요, 박사님." 우리 뒤에서 목소리가 들렸다. 돌아보니 정원 어디선가 수수께끼처럼 나타난 매슈 머그 아저씨가 우리에게 합류했다.

"그 키 작은 사람은 토비아스 윌크스예요." 매슈 머그 아저씨가 말을 이었다. "난 그자를 잘 알지요."

박사님이 서둘러 말을 잘랐다. "하지만 난 모르는걸요. 그런데 도대체 앞 계단에 있는 신발들은 다 뭐지?"

내가 말했다. "아, 클링이 혼자 무슨 조사를 하고 있어요. 클링은 누가 그 남자를 쓰러뜨렸는지 알아낼 수 있을 것 같대요."

박사님이 소리쳤다. "세상에! 제발 이 집에서 이제 미스터리나 탐정 업무 같은 건 좀 그만 봤으면! 이미 충분하지 않아?"

그러고는 박사님은 돌연 우리 곁을 떠나 중단했던 작업을 계속하기 위해 집을 돌아 옆문으로 뛰어갔다.

매슈 아저씨는 박사님이 사라지는 걸 지켜보며 생각에 잠긴 채 말했다. "토비아스가 만약 그날 저녁 다른 곳에 있었다는 걸 증명하지 못한다면 처지가 난처해지겠는걸. 어쨌든 평판이 그다지 좋질 않으니. 박사님이 그 남자를 전에 전혀 본 적이 없다고 말한 건 거짓말이야. 만약 박사님이 잊지 않았다면 말이지. 박사님이 꿩을 밀렵하는 토비아스를 붙잡은 지 한 달도 안 됐어. 내가 그 사실을 아는데, 왜냐하면 그때 내가 토비아스를 돕고 있었거든. 박사님만 날 보지 못했지."

내가 낡은 신발 더미로 올라가서 현관문을 열었을 때 클링이 내게 달려왔다.

클링이 말했다. "토미, 잠깐 너만 좀 봐야겠어."

문을 닫은 다음 우리만 복도에 남겨졌을 때 내가 말했다. "흐음, 클링, 뭔데? 돈을 숨긴 사람이 그 작은 남자야? 네가 지나가면서 그 남자의 냄새를 맡는 걸 내가 봤어."

클링이 초조하게 말했다. "아니, 물론 그 남자는 아냐. 키만 멀대같은 저 사람들은 사설탐정이긴 한데 바보들이지. 그 남자 냄새는 전혀 달라. 잡목림 속 발자국 주인이 돈을 숨겼어. 토미, 내가 네게 원하는 건 말이야, 저 신발 더미 속에서 발자국과 맞는 신발을 찾는 거야. 난 토비하고 스위즐을 잡목림으로 데려가서 망을 보게 해야 해. 블래키하고 그랩도 그 일을 무척 하고 싶어 하지만 난 그런 일을 투견에게 맡기는 게 좀 염려스러워. 녀석들은 사람이 온다면 그 사람을 쫓아야지. 우리에겐 그 작자를 따라갈 수 있고, 그 작자가 어디로 돈을 빼돌리는지 볼 수 있는 작고 영리한 개만 있으면 돼. 자, 서둘러 줄래? 탐정들이 다른 사람을 붙잡아 두고 있으니 우린 서둘러야 해."

클링이 가자마자 난 발자국을 그려 둔 종이를 가지고 작업을 시작했다. 신발 더미에 있는 신발 대부분은 확실히 너무 크거나 너무 작았다. 그런데 한 켤레가 미심쩍게도 딱 들어맞았다. 지프가 흥미진진하게 나를 지켜보고 있었다.

지프가 말했다. "그 신발을 어디서 발견했는지 기억나. 잡목림이 있는 들판 끝 도랑 안에 있었어. 지금 당장 클링을 따라가서 그 신발을 발자국에 대 보자."

우리는 지체하지 않고 그리로 갔다.

탐정 개 클링은 재능 있는 자신의 부관들, 토비와 스위즐에게 마지막 지시를 하고 있었다. 클링은 부관들이 숨을 정확한 장소와 숨는 방법, 망보는 걸 얼마나 자주 교대해야 하는지에 대해 아주 꼼꼼하게 반복해서 설명하고 있었다. 광대 개 스위즐은 그 모든 걸 농담으로 받아들였다. 하지만 자부심이 강한 토비는 클링의 지시를 아주 진지하게 받아들였다.

우리가 가져간 신발을 발자국 위에 대 볼 땐 긴장감이 감돌았다. 신발은 발자국에 딱 들어맞았다.

탐정 개 클링이 중얼거렸다. "좋아! 이건 증거들을 고리로 엮는 과정에서 큰 진전이야."

내가 말했다. "그런데 클링, 네가 그 사람의 신발을 찾긴 했지만, 정작 그 사람은 어떻게 찾을 수 있다는 건지 모르겠어."

클링이 겸손하게 말했다. "범죄자 조사관으로서 경험이 없으니까 넌 모를 거야. 하지만 내겐 이미 느낌이 있어. 그리고 어디에서 그 남자를 찾을 수 있는지 아이디어도 있지. 사실 난 그 사람이 어디 살고 있는지 어느 정도 확신하고 있는데, 추측컨대 이 확신은 진짜야. 그 사람이 사는 곳에는 남자가 여러 명 살고 있지. 이제 이 신발로 그들 중 누가 돈을 숨겼는지 알 수 있게 됐어."

내가 말했다. "세상에! 난 네가 거기까지 알고 있는지 전혀 생각도 못 했어. 그럼 그 남자가 어디에 살고 있는지 물어봐도 되겠니?"

탐정 개가 말했다. "내가 강하게 의심하고 있는 그 남자는 길에 쓰러져 있던 남자와 같은 곳, 대지주 젠킨스 소유의 대저택에 있는 마구간지기들의 막사에 살고 있어. 네가 나랑 같이 간다면 지금 거기 가서 조사를 계속할 수 있지."

난 대지주인 젠킨스 씨의 저택에 대해 아주 잘 알고 있었다. 그곳은 박사님 집에서 옥슨소롭 길을 따라 3킬로미터 정도 떨어져 있었다. 아주 오래전 박사님의 환자 중 한 명이었던 젠킨스 씨가 소유한 조지 왕조풍의 대저택 안에는 그 당시 커다란 시골집과 사냥용 마구간, 폭스하운드들이 사는 개집 등이 있었다.

큰 집 뒤쪽의 넓은 뜰에는 적어도 스무 명은 되는 마부와 마구간지기들을 위한 막사가 있었다. 사유도로를 따라 가면 이 뜰에 닿을 수 있었는데 그 길로 들어가는 문은 언제나 열려 있었다.

우리가 문에 도착했을 때 클링이 말했다. "내 생각엔 뜰 한가운데에 이 신발을 놔두고 자리를 뜬 다음 무슨 일이 일어나는지 보는 게 좋겠어. 운이 좋을 수도 있고 그렇지 않을 수도 있어. 두고 보자."

난 그 사유도로를 걸어가면서 누군가가 나를 제지할 거라는 생각은 거의 들지 않았다. 하지만 어쨌든 사람들 눈에 최대한 띄지 않는 게 좋겠다고 생각했다. 난 클링을 막을 사람은 없을 거라는 걸 알고 있었다.

아무런 방해도 받지 않고 젠킨스 씨 대저택의 뜰에 무혈입성한 나는 건초 싣는 수레 뒤에 느긋하게 앉아서 클링이 뜰 가운데에 신발을 놔두는 걸 지켜보았다. 녀석은 그런 다음 쥐를 쫓는 여느 떠돌이 개처럼 코를 킁킁거리며 주변을 돌아다녔다.

때때로 마부와 사내아이 여러 명이 이런저런 마구간 일 때문에 뜰을 지나갔다. 하지만 그 신발에 눈길을 주는 사람은 거의 없었다.

그런데 호리호리하고 얼굴이 아주 무뚝뚝하게 생긴 남자 한 명이 팔 밑에 안장을 끼고 마구간 문을 나섰다. 그 남자는 한쪽 구석에서 반대편으로 뜰을 가로질러 갔는데, 신발은 바로 그가 지나가는 길에 놓여 있었다. 그 남자의 눈길이 신발로 향하더니 깜짝 놀라서 몸을 움찔했다. 그러고는 초조하게 주변을 흘끔흘끔 보면서 자신을 보는 눈이 있나 확인하더니 땅에 있는 신발을 잽싸게 집어 든 다음 안장 아래 숨기고는 걸음을 재촉했다. 그때 뜰 반대쪽에서 배수로를 뒤지던 클링이 그 남자가 마구 보관실로 보이는 곳으로 사라지기 전에 태평스럽게 그 남자가 가는 길로 뛰어가면서 코를 킁킁거렸다.

그러고는 어슬렁거리면서 건초 수레 뒤에 있는 내 쪽으로 왔다.

"그 남자 얼굴 잘 봤어?" 클링이 속삭였다.

내가 말했다. "물론이지. 꿈속에서도 알아볼 수 있을걸."

탐정 개는 다시 쥐 냄새를 쫓는 척하며 속삭였다. "좋아, 그럼 가볼까?"

→ 4장 ←

개 탐정, 심사숙고하다

우리는 아무 말도 없이 함께 뜰을 떠나 사유도로를 따라 걸었다. 지프가 출구에서 우리와 합류했다.

1킬로미터 정도 조용히 걷다가 내가 말했다. "있잖아, 클링, 이제 다음엔 뭘 해야 하지?"

탐정 개 클링은 깊은 생각에 잠겨서 대답이 없었다.

지프가 말했다. "쉿! 녀석에게 말 걸지 마. 생각하고 있잖아. 클링은 가끔 복잡한 사건을 다룰 때는 저렇게 생각에 잠긴 채 몇 시간, 아니 며칠씩 지내곤 해. 녀석이 준비되면 말할 거야."

정말 지프 말이 맞았다. 클링은 이후 두 시간 반 동안 입도 벙긋하지 않았다. 그리고 집에 오자마자 자기가 씹던 낡은 신발 하나를 가지고 잔디밭으로 나갔다. 그곳에서 이 위대한 탐정의 사색은 계속됐고, 그동안 지프와 나는 입을 벌린 채 근처에 앉아서 클링이 언제쯤이면 사색과 신발 씹기를 멈추고 한 마디라도 할까 생각했다. 이때 거브거브가 와서 우리에게 합류하자 지프는 거브거브가 골똘히 생각에 잠겨 있는 클링 곁에 가지 못하도록 아주 단호한 태도를 취했다.

지프가 내게 속삭였다. "우리가 저 바보 같은 돼지 때문에 얼마나 오랫동안 고생했는지 토미 넌 모를 거야. 거브거브는 이 사건을 하나하나 따져 가며 따라가기로 작정한 게 분명해. 우리가 저 녀석을 떼어내기 위해 냅다 뛰어야 했던 적이 한두 번이 아냐. 상상해 봐. 어디든 갈 때마다 돼지 한 마리가 꿀꿀거리면서 그 큰 덩치로 엉금엉금 뒤를 쫓아오는데 우리같이 첩보 활동 하는 개들이 뭐라도 하나 알아낼 수나 있겠냐고. 내가 한번은 녀석을 공구 창고에 가둬 버렸는데, 녀석이 안에서 어찌나 비명을 질러 댔던지 누군가 죽는 줄 안 박사님이 무슨 일인가 하고 서재에서 달려 나오셨다니까. 아! 클링 좀 봐! 사건 전모를 알아낸 게 틀림없어."

생각에 잠긴 채 신발을 물어뜯던 탐정 개가 하던 짓을 멈췄다. 녀석은 미동도 없이 자신의 양 발 사이 잔디를 응시했다.

드디어 클링이 혼잣말을 하는 게 들렸다. "궁금한데. 궁금하단 말이야. 가능해, 아니 상당히 그럴듯해. 허!"

곧이어 클링은 돌연 신발을 옆으로 던지더니 길로 향하는 계단 쪽 문으로 사라졌다. 지프와 난 달려서 녀석을 쫓아갔다. 지프의

클링이 돌연 신발을 옆으로 던졌다.

짜증에도 불구하고 거브거브 역시 뒤따라왔다.

문밖 길로 달려간 위대한 수사관 클링은 범죄 현장에서 왔다 갔다 했다.

마침내 클링이 쉬잇 소리를 냈다. "맞아, 그거였어, 장담하는데 마지막 신발이었어. 토미, 다음으로 우리가 할 일은 말을 찾는 거야. 뒷발 말굽에 구부러진 못이 박혀 있는 말을 찾아야 해."

내가 물었다. "왜? 말을 왜 찾아야 하는데?"

"그 남자를 쓰러뜨린 게 말이거든." 클링이 말했다.

내가 외쳤다. "세상에! 설마! 그 남자가 말에 차여서 정신을 잃었다는 거야?"

클링이 말했다. "아니, 그게 헷갈리는 부분이야. 말은 남자를 차지 않았어. 그건 내가 확신해. 그런데 그 남자를 쓰러뜨린 게 말인 것도 확실해. 도대체 어떻게 그랬는지는 아직 알아내지 못했어."

잠시 생각하던 클링이 내게 몸을 돌렸다.

클링이 말했다. "내 생각엔 네가 그 마구간에 가서 마구간지기들에게 뭘 좀 물어보면 어떨까 싶어. 네가 말을 걸면 아마 마구간지기들이 네게 뭔가 말해 줄 거야. 물론 사람 말을 할 수 없는 난 알아낼 수 없는 것들이지. 그동안 난 이 사건과 관련해서 따로 해야 할 일이 있어. 아, 그리고 지프, 잘 들어! 넌 잡목림으로 가서 토비나 스위즐이 보고할 게 없는지 알아봐."

대장 클링은 조수들에게 지시사항을 전달한 후 자신이 해야 할 일을 처리하기 위해 총총걸음으로 사라졌다.

즉시 대지주 젠킨스의 대저택으로 간 나는 마구간이 있는 뜰로 느긋하게 걸어가서는 일꾼 몇에게 친한 척 말을 걸기로 했다. 아주 어렵진 않았다. 나는 곧 재갈을 닦고 있는 마구간지기를 발견했는데, 그는 일하는 동안 말동무가 생기자 반가워하는 듯했다. 나는 마구간지기가 자신의 지식을 마음껏 뽐낼 수 있는 주제인 말에 대해 몇 마디 던지면서 대화를 시작했다. 그러고 나서 강도 이야기로 화제를 바꿨다. 그 사건은 마구간에서 일하는 사람들 모두를 발칵 뒤집어 놓은 듯했다. 길에 정신을 잃고 쓰러져 있던 사람이 바로 마구간 부책임자였던 것이다. 그는 마구간에서 일하는 다른 일꾼들과 전혀 친하지 않았기 때문에 마구간지기들이 다친 사람이 부책임자여서 오히려 가슴을 쓸어내렸다는 사실도 알게 됐다. 하지만 평화로운 퍼들비 주변 길이 홀로 다니는 사람에게 전혀 안전하지 않다는 사실은 완전히 다른 문제였고, 사람들의 적잖은 분노를 샀다.

그 마구간지기가 말했다. "난 여전히 쇠고랑을 찬 사람이 범인이라고 생각해요. 토비아스 윌크스는 자신이 범인이 아니라는 사실을 증명하려면 꽤나 힘들 거예요. 젠킨스 씨가 런던에서 똑똑한 탐정 둘을 고용했어요. 젠킨스 씨는 이 동네 경찰을 신뢰하지 않아요. 모두 바보라고 생각하지요. 런던에서 온 탐정들은 곧 범인을 체포할 거예요. 프레드 랭글리가 머리를 맞고 기절했던 바로 그 시각 윌크스가 그 길을 걸어가고 있었다는 걸 증명할 수 있다고 했어요. 내가 장담하는데, 런던에서 온 탐정들이 윌크스가 랭

"젠킨스 씨가 런던에서 똑똑한 탐정 둘을 고용했어요."

글리의 머리를 때린 다음 돈을 가져간 사실을 곧 증명해 낼 거예요. 그런데 저 윌크스 말이에요, 그 사람은 빠져나가는 재간이 보통이 아니에요. 윌크스가 훔친 말을 어떻게 숨겼는지 알 길이 없다니까요. 금화를 숨기는 건 쉽지만 말을 숨기는 건 쉽지 않잖아요."

"아니 말 한 마리도 도둑맞았어요?" 나는 짐짓 큰 관심 없는 척하면서 물었다.

마구간지기가 말했다. "그렇다니까요. 이 마구간에서 가장 훌륭한 말 중 한 마리였어요. 적갈색 암말이지요. 나이가 어리진 않지만 이 지역에서 그렇게 좋은 말을 구하긴 힘들어요. 그런데 그날 밤 그 말이 마치 땅으로 꺼진 것마냥 사라졌지 뭐예요. 젠킨스 씨는 사라진 돈보다도 그 말 때문에 더 화를 냈어요. 녀석은 사냥용 말은 아니지만 젠킨스 씨가 가장 좋아하는 승마용 말인 데다 내가 본 말 중에 가장 똑똑하고 측대보(같은 쪽 앞뒤 다리가 동시에 동일한 방향으로 움직이게 걷는 보법―옮긴이)로 걷는 게 정말 아름다운 말이었어요. 녀석 이름은 타이거 릴리지요."

난 그곳을 떠나기 전에 랭글리, 그러니까 길에 쓰러져 있던 그 남자가 신발을 주워 간 마부와 아주 친한 사이라는 것도 알아냈다. 그 사내의 이름은 스메들리였다. 내가 아직 그 마구간지기와 이야기하고 있을 때 두 사람이 우연히 뜰에서 마주쳤다. 또한 말, 타이거 릴리가 사라진 날 아침 퍼들비에 있는 장제사(말에 편자 박는 일을 전문으로 하는 사람―옮긴이)에게 가서 편자를 박았다는 사실도 알아냈다.

나는 집 쪽으로 발걸음을 옮기면서 내가 알아낸 것에 대해 큰 뿌듯함을 느꼈다. 클링과 매슈 머그 아저씨가 날 기다리고 있었는데, 매슈 머그 아저씨가 마을에 가서 물어본 결과 사람들 대부분은 토비아스 윌크스가 오랜 기간 동안 감옥에 있게 될 거라고 생각하고 있었다.

정원의 조용한 모퉁이에서 클링과 지프와 나는 잠깐 회의를 했다.

내가 말했다. "토비아스가 부당한 벌을 받는 걸 피하게 하려면 우린 이 일을 지금보다 더 서둘러야 해, 클링."

클링이 말했다. "알았어. 알겠다구. 그다음 할 일은 말, 그러니까 타이거 릴리를 찾는 거야. 녀석에게서 이야기를 들을 수만 있다면, 박사님은 하실 수 있을 거야, 사건 전체의 퍼즐이 완성되는 거지. 박사님이 이 사건에 관여하고 싶어 하지 않는다는 건 알지만 우리가 이 일로 무고한 사람이 감옥에 가는 걸 막을 수 있다는 걸 보여드린다면 박사님도 거절하지 못하실 거야. 난 그 남자가 쓰러진 곳에서 1킬로미터 정도 떨어진 길에서 타이거 릴리의 것으로 보이는 편자를 하나 찾아냈어. 녀석 것이 확실한 게, 그 편자에는 구부러진 못이 하나 박혀 있었는데 박사님 집 대문과 멀지 않은 곳에서 발견된 말발굽 자국이랑 똑같았지. 그 남자가 발견된 날 아침 이 단서를 따라갔다면 타이거 릴리를 쫓는 게 가능했을 거야. 하지만 지금은 그동안 길을 지나간 온갖 마차 바퀴자국과 말발굽 자국 때문에 불가능해졌지. 지금 우리에게 필요한 건 냄새를 맡는 데 독특한 재능을 가진 개야."

"그게 무슨 말이야?" 내가 물었다.

지프가 말했다. "클링은 말 냄새를 특별히 잘 구분하는 개를 말하는 거야. 개들 대부분은 사람 냄새는 잘 알아. 하지만 냄새로 각각의 말을 구별할 수 있는 개는 흔치 않아. 물론 그런 개들이 있긴 해. 클링! 잡종개 아파트로 가서 알아보자."

우리 셋은 함께 큰 정원을 가로질러 동물원 우리로 갔다. 마침 잡종개 아파트에서는 저녁 식사가 차려지고 있었다. 지프는 곧장 중앙 식탁으로 가더니 좌중을 조용히 시키기 위해 돼지 다리뼈로 식탁을 내리쳤다. 재잘거리던 소리와 그릇 달그락거리던 소리가 일시에 멈췄다.

지프가 식당에 모인 모든 개에게 말했다 "여러분, 말 냄새에 아주 민감한 개, 특정한 말의 냄새를 쫓아 필요하다면 잉글랜드 방방곡곡이라도 갈 수 있는 개가 급히 필요합니다. 여기에 자신이 그 일을 할 수 있다고 생각하는 회원이 계십니까?"

5장

타이거 릴리의 흔적

지프가 말을 멈추자마자 소시지를 먹고 있던 개 한 마리가 뷔페장을 떠나 군중 사이로 절뚝거리며 지프에게 다가왔다. 그 개의 모습은 참말이지 안쓰러웠다. 눈은 한 쪽밖에 없었고 한쪽 발은 절었으며 아주아주 나이가 많은 것 같았다. 나는 단번에 그 개가 기억났다. 그 개는 잡종 폭스하운드인데, 잡종개 아파트가 다 찬지 한참 지난 후에 지프가 위원회와 박사님의 영향력을 이용해 아파트에 들인 개였다.

그 늙은 개가 중앙 식탁에 와서 멈추자 지프가 말했다. "마이크, 당신이 할 수 있을 것 같습니까?"

마이크가 뷔페장에서 가져온 소시지 반을 삼키면서 말했다. "난 내가 할 수 있다고 믿진 않지만 분명히 할 수 있다는 걸 알고 있지요. 난 사냥개 사육장에서 태어났어요. 하지만 순혈종이 아니라는 이유로 사람들은 내가 다른 사냥개들과 같이 뛰는 걸 허락하지 않았어요. 그래도 난 내 코가 그 누구보다도 훌륭하다고 생각했어요. 비록 뛰는 속도나 겉모습은 그렇지 않았지만요. 그곳 생활은 따분함의 연속이었어요. 난 마구간 주변을 돌아다니는 것 말고는 아무것도 할 게 없었고, 마구간에서 일하는 사람들은 잡종인 나를 보고 웃어 대곤 했지요. 하운드들도 나를 비웃긴 마찬가지였어요. 어느 날 난 나를 쫓아 버리려는 채찍질에도 아랑곳하지 않고 사냥개 무리를 따라갔어요. 물론 끝까지 따라가진 못했지만 그래도 8~9킬로미터 정도는 사냥개 무리에서 뒤처지지 않았지요. 그러고는 쓰러지고 말았어요. 내가 숨을 고르고 있는데 생울타리를 뛰어넘던 사냥꾼 한 명이 말에서 떨어졌어요. 그는 교구 주임 목사로 내게 친절하게 대해 주곤 하던 좋은 사람이었지요. 겁을 집어먹은 그 남자의 말은 그 자리에서 언덕 너머로 달아나 버렸어요. 그때 난 내 친구인 목사를 위해 달아난 말을 다시 데려와야겠다고 생각했어요. 나는 숨을 돌린 후 그 말을 뒤쫓기 시작했지요. 그 시골 지역엔 온갖 말 냄새가 진동했어요. 하지만 난 그 말의 냄새를 정확히 구분해 냈고, 결국 그 말의 뒤를 쫓는 데에 성공했어요. 난 주인을 떨어뜨리고 도망친 곳에서 30킬로미터 정도 떨어진 지역에서 풀을 뜯고 있는 말을 발견했어요. 난 내게 냄새로 말을 찾을 수 있는 특별한 능력이 있다는 걸 알게 됐지요. 훈련과 실험을 통해 눈을 감고도 냄새만으로 백 마리의 말 중에 단 한 마리를 구분해 낼 수 있는 능력이 있다는 것도 알았어요. 그건 진짜 재능이었지만 물론 폭스하운드 사냥개에게는 무용지물이었지요. 사냥꾼들에게 난 형편없고 아무 짝에도 쓸모없는 잡종개일 뿐이었어요. 잃어버렸다는 말의 냄새를 알 만한 물건이 있나요?"

클링이 말했다. "네. 편자 한 짝이 있어요. 아무도 손대지 않은 거예요. 벗겨져 있는 그 자리에 그대로 놔뒀거든요."

마이크가 중얼거렸다. "좋아요! 내가 말을 찾을게요. 소시지를 다 먹을 때까지만 좀 기다려요. 곧 당신과 함께 갈 테니."

그 늙은 사냥개는 몸을 돌리더니 저녁 식사를 마치기 위해 다시 절뚝거리면서 뷔페장으로 향했다.

지프가 말했다. "토미, 이 일은 시간이 좀 걸릴 것 같아. 오늘 밤이 일을 시작하려면 넌 먹을 것하고 잠잘 때 덮을 담요를 가져가는 게 좋겠어. 마이크가 우리를 어디까지 데려갈지 아무도 모르거든."

내가 말했다. "알았어. 가서 준비할게. 마이크가 저녁을 다 먹으면 와서 내게 알려 줘."

나는 박사님이 걱정할까 봐 지프, 클링과 함께 달밤 트레킹을 할 예정인데, 아마 다음 날 늦게까지 집에 안 올지도 모르겠다고만 말씀드렸다. 다만 혹시 필요할 경우를 대비해서 박사님께 돈을 조금 빌렸다. 내가 담요와 샌드위치를 다 챙겼을 즈음 개 세 마리가 이미 복도에서 나를 기다리고 있었다. 딱한 거브거브가 일행에 합류하기 위해 최선을 다했지만 물론 우리는 녀석을 데려갈 수 없었다.

우리가 출발할 즈음 해가 저물기 시작했다. 클링은 곧바로 자신이 편자를 발견한 지점으로 우리를 안내했다. 마이크가 편자 냄새를 맡더니 중얼거리면서 빠른 걸음으로 걷기 시작했다.

기묘하고도 힘든 여정이었다. 날이 저물어 가는 가운데 난 일행으로부터 상당히 뒤처졌다는 걸 알았다. 의욕이 넘치는 데다 여간해서는 지치지도 않는 개들은 일행 중에 다리를 저는 마이크가 있는데도 처음부터 엄청난 속도로 이동했다. 내가 뒤에서 기다려 달라고 몇 번 부르자 지프는 내가 뒤처지지 않도록 내게 자신의 목걸이에 끈을 묶도록 했다.

타이거 릴리는 어디로 가야 할지 잘 알고 있었던 듯했다. 말의 냄새가 끊기지도, 한 자리에서 맴돌지도 않았기 때문이었다. 녀석은 그 무엇에도 구애받지 않고 들판을 가로질러 갔다. 녀석은 키큰 생울타리를 뛰어넘었고, 여울을 건넜고, 호수를 헤엄쳤고, 습지를 헤쳐 갔다. 나는 개들에게 너희들끼리 가서 그 말의 흔적의 끝을 찾으라고 수십 번이나 말할 뻔했다. 하지만 추적의 긴장감에 매료된 나머지 끝까지 쫓아갈 수 있었다.

자정쯤 개들 역시 꽤 헉헉거리는 모습을 본 나는 우리 모두 쉴시간인 것 같다고 말했다. 우리 넷은 각각 샌드위치 한 개씩 먹은 다음 나무 밑에서 담요를 몸에 둘둘 말고 곧바로 잠에 빠져들었다.

다음 날 아침 우리는 둘러앉아서 또다시 샌드위치를 먹은 후 해가 뜨기도 전에 이슬 맺힌 들판을 걷기 시작했다. 그때까지 난 우리가 퍼들비에서 북동쪽으로 30킬로미터 정도 걸었다고 어렴풋이 짐작했을 뿐 우리가 어디에 있는 건지 당최 알 수 없었다. 해가 떴어도 나는 감을 잡지 못했다. 개들 간 대화로 유추해볼 때 녀석들이 나보다는 이 지역을 더 잘 알고 있는 듯했다. 그런데 우리가 지나온 한 마을은 희미하게나마 내게 익숙한 곳인 것 같았다. 나는 지프에게 그 마을의 이름을 아느냐고 물었다.

지프가 말했다. "응, 저곳은 디그비로열이야."

내가 중얼거렸다. "디그비로열이라… 신기한데! 이름이 익숙해. 내가 전에 여기 온 적이 있었나?"

그러고는 내가 언젠가 박사님과 여행할 때 저 이름의 마을에서 마차를 갈아탄 적이 있다는 사실이 떠올랐다. 나는 그 여행 때 우리가 어느 곳에 갔었는지 기억해 내려고 애썼다. 그해에 박사님과 난 당시 박사님이 빠져 있던 양치식물을 연구하느라 이 지역 여기저기를 돌아다녔었다. 그래도 난 떠올릴 수 있어야 한다고 생각했다.

마이크 뒤를 쫓아 터덜터덜 걷는 몇 시간 동안 나는 빈약한 내 기억력에 짜증을 내면서 머리를 쥐어짰다.

마침내 생각났다.

내가 외쳤다. "지프, 이 길을 따라가면 어디가 나오는지 알겠어."

"응, 저곳은 디그비로열이야."

우리는 타이거 릴리가 누웠던 곳을 찾아냈다.

"어디가 나오는데?" 지프가 다시 외쳤다.

"마차를 끌다가 은퇴한 말들의 협회가 나와. 우리가 예전에 디그비로열을 지나갔을 때 어디로 갔는지 이제야 기억이 났어." 내가 말했다.

지프가 중얼거렸다. "뭐라고! 맞아. 난 박사님과 거기 여러 번 갔었어. 그리고 항상 이 길로 왔지. 이제 우린 벤틀레이크에 거의 다 왔어. 지난번 박사님과 내가 점심을 먹으려고 쉰 곳이야. 허, 난 네 말이 사실일지 궁금한걸."

내가 말했다. "타이거 릴리는 존 둘리틀 박사님 집에서 아주 가까운 곳에 살았으니 박사님이 만든 은퇴한 말들을 위한 쉼터에 대해 들었던 게 분명해. 녀석이 만약 도망치기 위해 사라졌다면 말들이 숨기에 딱 안성맞춤인 그곳으로 향하는 게 자연스럽지. 사실상 사람들의 간섭에서 안전한 유일한 곳이니까."

지프는 말을 멈추고는 생각에 잠긴 채 클링과 마이크의 뒤를 따라갔다.

타이거 릴리(나는 타이거 릴리가 대단히 영리하다는 마구간지기의 말이 생각났다.)는 사람 없이 혼자 길을 가면 잡힐 위험이 있다는 걸 알았는지 노련하게도 마을이 나올 때마다 빙 둘러 지나갔다. 가는 길에 우리는 키 큰 생울타리 뒤나 덤불들 속에서 타이거 릴리가 행인들의 눈길을 피하기 위해 몸을 눕혔던 장소들을 발견했다.

난 지능이 굉장히 좋은 이 말을 만날 생각에 가슴이 부풀었다.

그리고 말이 남자를 발로 찬 건 아니지만 쓰러뜨린 건 확실하다는 클링의 말에 대해 생각하기 시작했다. 타이거 릴리는 그 남자에 대해 뭔가 알았기 때문에, 그 남자가 싫어서 도망칠 목적으로 그를 쓰러뜨린 건 아닐까? 무엇보다도 도대체 어떻게 그렇게 한 걸까?

6장

토글의 침묵

우리가 존 둘리틀 박사님이 설립한, 지금은 잘 알려진 '마차를 끌다가 은퇴한 말들을 위한 협회'가 있는 지역에 점점 가까워질수록 지프와 나는 우리의 추측이 맞았음을 더욱 확신하게 됐다. 내겐 집 주변 시골 풍경보다도 주변의 언덕과 농장들이 훨씬 친숙했다. 왜냐하면 난 이곳에서 박사님과 여러 날을 보냈는데 그때 박사님이 베포 그리고 녹색 안경을 쓴 유명한 경작용 말인 토글과 이야기를 나눴기 때문이다.

우리가 마침내 쉼터 농장이 보이는 곳에 도착했을 때 베포와 토글 이 둘은 마치 누군가가 올 것을 알고 있기라도 한 듯 농장 정문에 서 있었다. 그들은 지프와 나를 보자 반가워했다. 반면에 다른

베포와 토글이 정문에 서 있었다.

개들, 클링과 마이크에 대해서는 우리 일행이라는 소개를 듣기 전까지는 미심쩍어 하는 듯했다.

우리는 농장 안의 아름다운 초원에 있는 거대한 참나무 아래에서 기지개를 폈고, 마지막 남은 샌드위치를 먹었다. 우리 모두는 긴 여정이 끝나자 지치고 피곤해서 죽을 지경이었다.

우리가 적갈색 말에 대해 물었을 때 놀랍게도 토글은 처음에는 아예 입도 벙긋하지 않았다. 그리고 한눈에 봐도 내키지 않는 말투로 그런 말은 이 협회에 합류한 적이 없다고 내게 장담했다. 토글이 나이 많은 베포에게로 몸을 돌리자 베포 역시 진지하게 고개를 저었다. 그러자 클링이 내 뒤로 와서 귀에 대고 속삭였다.

"저들은 아무 말 않기로 약속한 거야. 너도 알겠지. 타이거 릴리는 여기 있는 게 확실해. 마이크 말로는 이곳 사방에서 그 말 냄새가 진동한대. 아마 생울타리 뒤에 숨어 있을 거야."

"마이크가 타이거 릴리를 찾아낼 수는 없을까?" 내가 다시 속삭였다.

클링이 말했다. "그렇게 하지 않는 편이 낫겠어. 말이 울타리를 뛰어넘어 도망갈지도 모르니까. 그러면 우린 또다시 녀석을 잡으러 50킬로미터쯤 가야 할걸. 내가 이 친구들에게 얘기해 볼게. 만약 타이거 릴리가 겁을 먹고 있다면 이들이 타이거 릴리에게 우리가 온 이유를 설명하는 게 가장 좋을 거야."

클링은 협회의 회장과 부회장인 베포와 토글에게 일단 우리는 그 말이 이곳에 있다는 걸 확신하고 있다고 설명했다. 두 번째로 타이거 릴리가 숨어 있는 건 옳지 않은데, 왜냐하면 무고한 사람이 그가 하지도 않은 일 때문에 벌을 받을 위험에 처해 있기 때문이며 이 문제를 풀기 위해서는 랭글리가 어떻게 길에 쓰러지게 됐는지 경찰에게 말할 필요가 있다고 했다. 또한 타이거 릴리를 아끼는 대지주 젠킨스 씨가 말을 되찾기를 바라는데 그 말이 박사님의 쉼터 농장에 몸을 숨기고 있다는 사실이 알려지면 박사님이 곤경에 처하게 될 거라고도 했다.

클링이 말을 맺었다. "그러니까 당신들 두 분이 타이거 릴리에게 이리로 와서 우리와 이야기를 나눠 보라고 설득 좀 해 주세요. 원치 않으면 강제로 붙잡아 가는 일은 절대로 없을 거라고 토미가 약속할 거라고도 전해 주세요. 아무튼 우린 반드시 그 말을 만나야 해요."

결국 늙은 말 둘은 클링의 제안이 공정하고 일리도 있다고 생각한 듯했다. 그들은 우리에게 여기 있으라고 말한 다음 우리와 조금 거리를 두더니 낮은 목소리로 서로 이야기를 나눴다. 곧 그들은 생울타리 뒤로 사라지더니 그 후 한동안 모습을 드러내지 않았다.

클링이 속삭였다. "타이거 릴리는 어딘가 아주 가까운 곳에서 우리가 하는 얘기를 다 듣고 있었을 거야. 토미, 우린 그 말을 아주 신중하게 다뤄야 해. 내 생각에 타이거 릴리는 말이야, 범포가 말하는 괴팍함으로 무장하고 있어. 겁이 많은 데다 고집스럽기 짝이 없지. 쉿! 저기 온다."

난 처음 본 타이거 릴리의 모습을 절대 잊지 못할 것이다. 그렇

클링이 말했다. "타이거 릴리는 다 듣고 있었을 거야."

게 아름답고 매혹적인 동물을 본 적이 없었기 때문이다. 생울타리들 사이에서 돌연 타이거 릴리가 늙은 말 둘과 함께 모습을 드러냈다. 아마도 베포와 토글의 나이 들어 쇠잔해진 외모 때문에 깔끔하고 털이 잘 손질된 타이거 릴리의 우아한 외모가 더욱 돋보였는지도 모르겠다. 하지만 녀석이 거기 서 있을 때 난 녀석에게 초자연적인 힘 같은 게 있는 것 같다는 느낌이 들었다. 초롱초롱하고 영리한 눈부터 깔끔하고 가는 구절(말굽 위의 뒤쪽 관절 — 옮긴이)까지 녀석을 본 사람이라면 누구라도 마음이 따뜻해질 것 같은 모습이었다.

타이거 릴리는 우리의 협상 제안을 받아들이긴 했지만 자신을 포획하지 않겠다는 약속은 그다지 믿지 않는 게 분명했다. 유연한 걸음걸이로 비탈을 내려오던 녀석이 우리에게서 족히 30걸음은 떨어진 곳에 멈추더니 더 이상 가까이 오려 하지 않았던 것이다. 난 타이거 릴리가 그 총명한 눈으로 우리의 면면을 파악한 건 물론이고 만약 조금이라도 자신의 자유를 침해하려고 할 경우를 대비해 이곳 주변과 주변 너머를 훑어보면서 몸을 피할 방법까지 생각해 뒀다는 걸 알아챘다.

난 녀석과 말하기 위해 몸을 일으키면서 말 언어를 구사하는 나 자신에 대해 새삼스럽게도 뿌듯함을 느꼈는데, 그 능력 덕분에 이런 멋진 동물과 대화를 할 수 있었기 때문이었다.

나는 녀석을 안심시키기 위해 웃으면서 말했다. "안녕하세요, 타이거 릴리 씨? 나랑 얘기하려고 여기까지 와 줘서 기뻐요. 겁먹지 말아요. 적들이랑 있는 거 아니니까요. 토글이 말했겠지만 우린 존 둘리틀 박사님 집에서 왔어요. 프레드 랭글리를 기절시켰다며 부당하게 체포되어 있는 남자를 구하기 위해서라도 우린 당신에게서 그 일이 일어난 밤과 이른 아침의 이야기를 들을 필요가 있어요. 우리에게 그 날의 일들을 들려줄 수 없나요?"

말은 잠시 생각했다. 그러고는 그 맵시 있는 머리를 뒤로 젖히더니 비단 같은 콧구멍으로 히히힝 소리를 냈다. 하얀 콧잔등과 두 눈 사이에 있는 별이 윤기가 좌르르 흐르는 적갈색 털로 뒤덮인 외모에서 유독 도드라져 보였다.

마침내 타이거 릴리가 말했다. "알겠어요. 내가 아는 대로 다 말하지요. 하지만 당신과 같이 가는 일은 없을 거예요. 그러니까 만약 그런 생각을 하고 있다면 머릿속에서 다 지워 버리도록 하세요."

↘ 7장 ↙

말은 어떻게 도망치게 되었나

나는 타이거 릴리의 말에 실망했다. 그런데 내가 무슨 말을 꺼내기도 전에 클링이 속삭였다. "지금은 녀석을 설득하려고 하지 마. 얘기를 할 때까지 기다려. 일단 녀석이 우리를 좀 더 믿도록 만들어야 해. 녀석이 긴장을 풀도록 해야 해."

타이거 릴리가 이야기를 시작했다. "이 이야기는 아주 오래전, 젠킨스 씨의 마구간에서 운송용 말들이 지금보다 훨씬 중요한 역할을 하던 시절, 그러니까 시골을 완전히 파괴해 버린 악마 같은 철도가 만들어지기 전, 사람들이 길로 훨씬 더 자주 다녔던 시절로 거슬러 올라가요. 그 시절 젠킨스 씨와 그를 방문하는 손님들은 대부분 말을 타고 다녔어요. 그런데 시간이 지나 사냥꾼들만이 마구간을 찾게 되었을 때, 나와 다른 말 몇 마리는 여전히 뜰 북쪽 끝에 있는 마구간에서 지내고 있었는데, 마구간의 부책임자인 랭글리가 우리를 맡게 된 거예요. 그때까지는 총책임자인 조지 기븐스가 우리를 맡고 있었는데, 랭글리가 우리를 맡게 된 후부터 모든 게 달라졌어요. 젠킨스 씨는 천하태평인 사람으로 자신의 마구간에서 무슨 일이 일어나는지 모르는 경우가 태반이었어요. 랭글리는 야비하고 잔인한 데다 도둑질을 일삼는 쥐새끼 같은 놈이었지요. 이렇게 말해서 미안하지만 그 사람은 이런 소리를 들어도 싸요. 랭글리는 사료나 다른 물품을 사는 일을 포함해 마구간의 모든 일을 관장하게 되자 이곳저곳에서 젠킨스 씨를 속이기 시작했어요. 그 작자는 우리도 속였지요. 곡물 판매상으로 하여금 싸고 곰팡이가 핀 귀리와 벌레가 잔뜩 섞인 옥수수, 형편없는 건초를 우리에게 주도록 한 거예요. 그러고는 젠킨스 씨에게는 가장 품질이 좋은 사료 값을 받아 냈죠. 기븐스가 우리를 위해 항상 가장 좋은 사료를 샀었거든요.

그 작자는 잔인하기도 했어요. 그자는 젠킨스 씨 앞에서는 자신의 진면목을 드러내지 않았지만, 주변에 보는 눈이 없을 때면 항상 때리고, 발로 걸어차는 등 우리를 아주 형편없이 취급했어요. 그리고 그 작자 못지않게 비열하고 야비한 사람이 한 명 더 있었는데, 이름이 스메들리였어요."

(이 지점에서 클링이 나를 흘끗 보더니 의미심장하게 고개를 끄덕였다.)

"난 그들이 모종의 음모를 꾸미고 있다고 생각했어요."

"랭글리는 스메들리를 마구간의 부책임자로 삼았는데, 둘은 번 갈아 가며 우리를 못살게 굴었고 우리에게 욕을 해 댔어요. 어느 날 난 이 둘이 오랫동안 서로 속삭이며 밀담을 나누는 걸 목격했 어요. 난 그들이 모종의 음모를 꾸미고 있다고 생각했어요. 그리 고 내가 그 음모에 연루되지 않기만을 바랐지요. 그런데 다음 날 새벽 2시쯤 랭글리가 내게 오더니 안장을 얹고 나를 마구간 밖으 로 끌고 나가는 것이었어요. 그 음모에 나도 포함되었던 거죠. 그 작자는 날 훔치려는 게 분명했어요. 그때 내가 두려워했던 게 바 로 그거였거든요. 그리고 나중에 내 예상이 맞았다는 게 밝혀졌지 요. 남은 평생 동안 그 소름 끼치는 사람을 주인으로 모셔야 한다 고 생각하니 정말 너무 끔찍했어요. 난 곧바로 그 사람에게서 도 망칠 기회를 엿보기 시작했지요."

이야기가 이 지점에 이르자 클링은 타이거 릴리가 들려주는 이 야기의 결말과 자신이 예측한 이 사건의 결말이 일치하는지 듣고 싶어 안달 난 듯 풀밭에서 쉴 새 없이 왔다 갔다 했다.

잠시 후 타이거 릴리가 이야기를 이어 나갔다. "랭글리는 뜰을 가로질러 나를 데려갔는데, 그는 땅이 무르면 말발굽 소리가 날까 봐 계속 나를 끌고 갔어요. 심지어 공공도로에 다다른 후에도 내 등에 올라타는 걸 꺼리는 것 같았는데, 내가 빠른 속도로 달려가 서 마구간에 있는 누구든 깨울까 봐 걱정이 됐던 거겠지요. 그는 박사님 집의 맞은편에 도착하자 그제야 걸음을 멈췄어요. 그는 발 걸음을 옮기면서 여러 번 뒤를 돌아봤어요. 그 작자는 자신과 합류할 누군가를 기다리는 것 같았어요. 왜냐하면 짜증 난다는 듯 혼잣말로 계속 중얼거렸거든요. 그곳에 잠시 서 있던 랭글리는 굽은 길 주변을 보려는 듯 걸어온 길로 잠깐 되돌아갔어요. 나를 데려가지는 않았는데 보나마나 내가 무슨 소리라도 낼까 봐 무서웠던 거겠지요. 어쨌든 그는 손에 긴 고삐를 쥐고 있었어요. 그 작자와 나 사이 거리가 4~5미터 정도 되자 난 갑자기 고삐를 홱 당긴 다음 도망치면 어떨까 생각했어요. 하지만 고삐가 그의 손목에 감겨 있는 걸 보자 그러기가 겁이 났어요.

랭글리는 내게 등을 보인 채 잠시 그곳에 서 있었어요. 탈출 시도를 하기에 안성맞춤인 때 같았어요. 어떻게 할까 궁리하며 무게 중심을 한 발에서 다른 발로 옮길 때 뒷발 편자 중 하나가 내 말굽에서 스르르 빠지더니 흙먼지 속으로 떨어지는 게 느껴졌어요. 그때 불현듯 아이디어가 하나 떠올랐어요. 내가 서 있는 곳에서 그를 발로 찰 수는 없었어요. 하지만 발로 편자를 던져서 그 작자의 머리에 명중시킬 수는 있을 것 같았어요. 다른 말들과 풀밭에 있을 때 똑같이 한 적이 있었는데, 그때 난 편자 한쪽을 뺐다가 다시 살짝 끼운 다음 아주 멀리 던지면서 친구들과 재밌게 놀았어요. 조금만 끈기가 있다면, 그리고 편자에 박혀 있는 못 몇 개만 남아 있다면 가능한 일이었지요.

가능성은 낮았지만 해 볼 만한 시도였어요. 나는 어깨 너머로 뒤돌아본 채 조심스럽게 조준했어요. 랭글리는 미동도 없이 서서 길 아래쪽을 바라보며 오지 않는 친구를 기다리고 있었어요. 나는

"편자는 퍽 하고 그 작자의 머리를 때렸지요."

땅에 있는 편자를 발굽에 끼우기 위해 발굽을 편자에 대고 꽉 눌렀어요. 그런 다음 오른쪽 뒷다리를 천천히 들어 올리고서 랭글리의 머리 방향으로 온 힘을 다해 편자를 던졌어요. 편자는 휙 소리와 함께 허공을 가르더니 그 작자의 머리를 퍽 때렸지요. 랭글리가 모자를 뒤쪽으로 눌러쓰고 있었기에 망정이지 그렇지 않았으면 맞자마자 즉사했을 거예요. 그는 돌처럼 쓰러지더니 그 자리에 뻗어 버렸어요."

"편자는 어떻게 됐어요?" 클링이 물었다.

타이거 릴리가 대답했다. "편자는 머리를 맞춘 다음 6미터 정도 떨어진 곳에 떨어졌어요. 처음에 난 편자 세 개만 박은 발로 도망치면 누군가 쫓아올까 봐 걱정이 되어 던진 편자를 찾으러 돌아갔어요. 그리고 못들을 원래 박혀 있던 구멍에 맞춘 다음 밟아서 발굽에 고정시키고는 200~300미터쯤 걸어갔어요. 그런데 들판으로 가기 위해 생울타리를 뛰어넘을 때 편자가 다시 빠져 버렸고, 난 다시 끼워 봤자 도로 빠질 거라고 생각했어요. 결국 난 그곳을 거쳐서 이곳으로 왔어요."

"그 남자가 쓰러진 후에는 그 곁에 가까이 간 적이 없나요?" 클링이 물었다.

말이 대답했다. "없어요. 난 길가에 떨어진 편자를 가지러 그 남자 근처에 갔을 뿐이에요."

클링이 말했다. "난 당신이 그 남자를 발로 차지 않았다고 확신하고 있었지요. 뒷걸음질 친 당신 발자국이 그 남자를 발로 차기에는 너무 먼 곳에 찍혀 있었거든요. 그런데 당신은 도망가기 전에 그 남자를 약간 끌어당기지 않았나요?"

모든 걸 알고 있는 듯한 이 신기한 개를 보는 타이거 릴리의 반짝이는 눈이 휘둥그레졌다.

타이거 릴리가 말했다. "맞아요. 고삐가 그 남자 손목에 너무 단단하게 감겨 있었기 때문에 난 갈 수가 없었거든요. 하지만 몇 미터 끌어당기자 고삐는 바로 풀리더군요. 도대체 그 사실을 어떻게 알았지요?"

클링이 머리를 젖힌 채 말했다. "흐흐! 그 남자가 질질 끌려간 자국이 땅에 아주 뚜렷하게 남아 있었거든요. 그건 그렇고, 그날 밤이나 아침에 스메들리를 본 적 있나요?"

타이거 릴리가 말했다. "봤어요. 그 남자를 봤다고 말하려던 참이었어요. 편자를 가지러 가는데 길을 따라 허겁지겁 걸어오는 남자가 흘끗 보였어요. 난 바로 그자라고 확신했어요. 물론 그 남자가 올 때까지 거기서 기다리지 않았지요. 사실은 생울타리를 뛰어넘은 게 그 남자 때문이에요. 사람들 눈에 띄거나 누군가가 나를 쫓아오는 게 싫었거든요. 이걸로 내 얘기는 끝났어요. 이제 난 가야겠어요."

"아, 잠깐만요, 타이거 릴리 씨." 당신이 여기 머무르면 둘리틀 박사님이 굉장히 난처한 입장에 처하게 된다는 걸 모르겠어요? 우리와 함께 간다면…"

"난 당신들과 함께 돌아가지 않아요." 타이거 릴리가 당장 달아

날 태세를 갖춘 채 재빨리 말을 끊었다. "세상의 그 무엇도 나를 설득하지 못할 거예요."

"말이 겁먹게 하지 마." 클링이 속삭였다. 녀석은 다시 말 쪽으로 몸을 돌린 다음 큰 소리로 말했다. "당신에게 강요하지 않을게요. 그런데 만약 존 둘리틀 박사님이 이리로 오신다면 박사님과 이야기를 나눠 볼 생각은 있나요?"

타이거 릴리가 말했다. "아, 당연하죠. 물론이에요."

클링이 말했다. "아주 좋아요. 이야기를 들려줘서 정말 고마워요. 토미, 이제 가자."

우리는 토글과 베프에게 작별 인사를 하자마자 정문을 통과해서 밖으로 나섰다.

8장

토비가 전해 온 소식

길을 따라 걸으면서 내가 말했다. "그래도 하룻밤 꼬박 걸려 한 일인데 결과가 나쁘진 않았어. 말도 찾아냈고 이야기도 들었으니. 불쌍한 박사님! 결국 우린 박사님을 이 일에 끌어들여야만 하게 생겼어. 클링, 네 생각엔 타이거 릴리가 박사님과 함께라면 따라 나서려고 할 것 같니?"

탐정 개 클링이 말했다. "당연하지. 녀석의 두려움은 모두 야비한 두 사람, 랭글리와 스메들리 때문이야. 난 타이거 릴리를 탓할 생각 없어. 아무튼 녀석은 우리를 모르는 데다 지금 공포와 분노에 사로잡혀 있는 상태거든. 그렇지만 녀석이 그 두 사람과 더 이상 얽히지 않을 거라는 박사님의 보증만 있다면 녀석은 돌아갈 거야. 젠킨스 씨의 마구간 주변 개들이 그러는데 젠킨스 씨 본인은 동물들에게 아주 친절하다고 하더군. 너도 그 형편없는 랭글리가 마구간을 맡기 전까지는 거기서 행복했다고 한 타이거 릴리의 말을 들었잖아."

지프가 말했다. "우리가 가장 빨리 돌아갈 수 있는 방법이 뭘까. 난 토비아스 윌크스를 생각하고 있었어. 우리 발로 가는 것보다 더 빨리 갈 수 있는 뭔가가 있으면 좋겠다."

내가 말했다. "아, 맞다! 내게 박사님에게서 받은 돈이 조금 있어. 일단 디그비로열로 빨리 가서 거기서 마차를 탈 수 있는지 알아보자. 마차 요금으로는 충분할 것 같아."

우리는 발걸음을 재촉해서 정오가 되기 전에 디그비로열에 도착했다. 다행히도 한 시 반에 출발하는 마차가 있었다. 내가 퍼들비까지 가는 요금을 물어보니 기쁘게도 요금을 치르고 남는 돈으로 간단한 점심까지 살 수 있었다.

우리는 차 마실 시간 즈음 퍼들비에 도착했다. 대브대브는 자기에게 말도 없이 오랫동안 집을 비웠다며 잔뜩 뿔이 나 있었고 거브거브는 우리가 어디에 갔었는지, 뭘 했는지, 얼마나 많은 걸 알아냈는지 알고 싶어서 죽을 지경이었다.

난 차 마시는 시간이 끝날 때까지 기다렸다가 박사님에게 박사님과 타이거 릴리의 면담에 대해 솔직하게 말했다.

나는 박사님께 상황을 대충 설명하고 본론을 말했다. "타이거 릴리를 다시 데려올 수 있는 사람은 박사님뿐이에요. 확실해요.

토비가 창틀 위로 뛰어 올라왔다.

젠킨스 씨가 고용한 탐정들이 그 지역을 이 잡듯 뒤진다면 타이거 릴리가 숨어 있는 곳을 알아내는 건 시간문제일 텐데, 그러면 그들이 박사님을 찾아올까 봐 정말 걱정이 돼요. 제 생각엔 박사님이 바로 가서서 녀석을 만난 다음 설득하는 게 가장 좋을 것 같아요."

나방에 관한 아주 중요한 논문 작업 중이었던 박사님은 피곤한 기색으로 나를 쳐다보았지만 별말은 없었다.

내가 덧붙였다. "게다가 윌크스를 그 상황에서 빼내 주셔야 해요. 그 사람은 지금 상황이 아주 안 좋아요."

마침내 박사님은 만약 자신이 계속 방관한다면 이 일에 연루된 모든 사람들의 상황이 복잡해질 뿐 아니라 토비아스 윌크스는 그 야말로 심각한 상황에 처하게 될 거라는 사실을 알게 됐다. 내 말이 끝나자 박사님은 내게 클링을 데려오게 한 후 처음부터 끝까지 녀석의 입장에서 말하는 이야기를 들었다. 이야기가 끝나자 박사님은 생각에 잠긴 채 잠시 말없이 앉아 있었다. 우리가 여전히 박사님의 말을 기다리는 동안 서재 창 너머에서 자갈길을 타다닥 뛰어오는 발소리가 들리더니 별안간 토비가 창틀 위로 뛰어 올라왔다.

토비가 외쳤다. "클링! 내가 망을 보고 있는데 어떤 사람이 돈을 찾으러 다시 왔어. 대지주 젠킨스 씨 마구간에서 일하는 스메들리, 그자였어."

"그자를 뒤쫓았어?" 탐정 개 클링이 물었다.

토비가 말했다. "응, 옥슨소롭 길로 가고 있어. 내 생각엔 걸어서 퍼들비로 가려는 것 같아. 방금 우리집 문 앞을 지나갔어. 너, 그 자를 잡으려면 서둘러야 해."

박사님과 나는 곧바로 정원으로 나간 다음 계단을 뛰어 내려갔다. 우리 뒤로 클링은 물론 토비와 지프, 레트리버 블래키와 불도그 그랩까지 쫓아왔다. 대문에서 불과 200여 미터 떨어진 곳에 최대한 빠른 걸음으로 마을을 향해 서둘러 가고 있는 남자의 모습이 보였다. 그는 어깨 너머로 우리를 보더니 거의 뛰다시피 했다.

박사님이 낮은 목소리로 말했다. "저 사람을 쫓아가, 블래키. 해치지는 말고. 그냥 그 남자 앞으로 가서 우리가 따라잡을 때까지 한 발자국도 더 못 가게 해."

블래키는 그랩과 지프를 이끌고 쏜살같이 스메들리를 뒤쫓아가서 꼼짝 못 하도록 주위를 에워쌌다.

박사님이 처음에 가서 말을 붙였을 때 스메들리는 겁을 집어먹은 표정이 역력했지만 한편으로는 뻔뻔스럽게 굴었다. 하지만 우리가 그가 랭글리와 공범이라는 사실 외에도 이 사건에 대한 세세한 부분까지 다 알고 있다고 설명하자 그는 두려움에 벌벌 떨 수밖에 없었다. 그는 랭글리에게 모든 죄를 덮어씌우기 위해 자신이 한 일에 대해 변명을 늘어놓기 시작했다. 하지만 박사님이 그자의 말을 가로막았다.

박사님이 말했다. "당신이 중형에서 벗어나는 길은 한 가지밖에 없습니다. 그러려면 이제부터 내가 말하는 그대로 해야 해요. 일단 내게 그 돈을 주세요."

스메들리는 순간 돈을 가지고 있다는 사실을 부인하려 했다. 하지만 이미 모든 걸 알고 있는 박사님의 단호한 표정을 보고는 그래 봤자 아무 소용없다는 걸 깨달았다. 그는 부끄럽다는 표정으로 자신의 주머니에서 천 주머니를 꺼내 박사님에게 건넸다.

존 둘리틀 박사님이 말했다. "이제 랭글리를 내 집으로 데려오세요. 저기 있는, 계단을 쭉 올라가면 보이는 집이에요. 만약 친구가 오기 싫다고 한다면 친구에게 당신들 둘 모두 자유를 잃게 될 거라고 설명하면 될 겁니다. 우린 당신들 인상착의를 다 알고 있어요. 둘 다 30분 안에 내 집으로 오지 않는다면 난 내가 아는 모든 정보를 경찰에 넘길 겁니다."

9장

돌아온 타이거 릴리

스메들리가 박사님의 집을 떠날 때 클링은 혹시나 하는 생각에 재능 있는 자신의 부관 토비로 하여금 스메들리를 미행하도록 했다. 하지만 그건 불필요한 조치였다. 랭글리는 도망치는 것보다 박사님의 지시를 받아들이는 게 더 현명하겠다고 판단한 듯했는데, 20분 후 두 남자가 정원 길을 걸어오는 게 보였기 때문이다. 난 현관문을 열고는 그들을 곧장 박사님의 서재로 데려갔다.

나하고 클링 둘만 박사님과 두 남자의 면담 장소에 배석했다. 존 둘리틀 박사님은 시간을 오래 끌지 않았다. 박사님은 자신이 이 사건의 전모를 꿰뚫고 있다는 사실과 원하는 것이 뭔지를 단 몇 마디로 정리해서 말했다.

박사님이 말을 끝맺었다. "많은 것들이 젠킨스 씨가 소송을 취하할지 그렇지 않을지에 달려 있어요. 당신들은 벌을 받아야 지극히 마땅하지만, 그럼에도 난 돈과 말을 되찾게 된다면 당신들을 위해 이 사건을 이쯤에서 덮자고 젠킨스 씨를 설득해 볼 생각입니다. 난 당신들에게 이곳을 떠나 새 출발을 하라고 권하고 싶군요. 그리고 만약 언제라도 다시 남을 속이는 일에 발을 들이고 싶은 마음이 든다면, 나와 여기 있는 목격자들이 당신들 얼굴을 잘 알고 있다는 사실을 기억하도록 해요."

박사님이 무슨 말을 할지 몰라 잔뜩 겁에 질려 있던 두 남자는 떠나라는 말을 듣자 기뻐서 어쩔 줄을 몰랐다. 아닌 게 아니라 그들은 한시도 지체하지 않고 그날 저녁 길을 나섰으며 퍼들비에 다시는 모습을 드러내지 않았다.

젠킨스 씨를 설득하는 건 좀 더 까다로웠다. 사실 나이 많은 젠킨스 씨가 존 둘리틀 박사님을 잘 알지 못했다면 그 일이 성공적으로 마무리됐을지 장담할 수 없었다. 하지만 젠킨스 씨는 결국 자신이 고용했던 탐정들이 이 사건에서 손을 떼는 데에 합의했다. 토비아스 윌크스를 고발한 게 그 탐정들이었으므로 이로써 고발은 취소되었고 윌크스도 풀려났다.

박사님이 자리를 떠나면서 말했다. "그리고 젠킨스 씨, 만약 돌연 마구간을 떠나 버린 당신의 일꾼 한 명, 아니 두 명을 발견하더라도 그들을 추적하거나 하지는 않겠지요?"

이 말을 들은 젠킨스 씨는 대답에 앞서 자신의 옛 친구를 날카로운 눈초리로 쳐다보며 잠시 생각에 잠겼다. 마침내 그가 껄껄 웃었다.

"알겠소, 박사. 내 생각에 당신은 내게 들려준 것보다 훨씬 더 많은 걸 알고 있는 것 같군요. 그렇소, 난 그들 일에 더 이상 관여하지 않겠소. 당신 덕분에 일이 잘 해결됐어요. 내 돈은 찾았고, 이제 당신이 타이거 릴리를 찾아 준다면 난 기꺼이 이 일에서 발을 빼겠어요. 보아하니 나 때문에 당신이 여러모로 꽤 애를 먹은 것 같군요. 아마 내가 당신을 위해 뭔가 할 수 있는 날이 오겠지요."

우리가 젠킨스 씨 집을 나설 때 박사님이 말했다. "스터빈스, 이제 타이거 릴리에게 모든 걸 터놓고 얘기해야겠어. 녀석이 막무가내로 굴지 않으면 좋겠는데. 만에 하나 녀석이 말을 듣지 않는다면 젠킨스 씨에게서 녀석을 사서 쉼터 농장에 머무르게 하는 방법 말고 다른 방법은 없어. 값이 얼마나 나갈지는 하늘만 알겠지. 두고 보자꾸나."

박사님은 다음 날 쉼터 농장을 향해 출발했고, 클링과 내가 박사님과 동행했다.

사실 난 내심 말이 돌아가는 걸 거절하기를 바라고 있었는데, 박사님이 그 말을 사게 되면 내가 가끔 녀석을 탈 수 있지 않을까 하는 생각 때문이었다. 난 타이거 릴리처럼 영리한 말을 타 보면 정말 재밌을 거라고 생각했다.

박사님이 농장의 정문에 도착하자 여느 때처럼 협회의 모든 회원들이 박사님을 맞느라 야단법석을 떨었다. 박사님은 30여 분 동

타이거 릴리는 생각에 잠긴 채 박사님의 말을 들었다.

안이나 쇄도하는 질문에 일일이 대답하느라 진땀을 뺀 후에야 그 곳을 방문한 용무를 꺼낼 수 있었다.

말 한 마리가 가서 타이거 릴리를 데려왔는데, 녀석은 그때까지도 길을 지나가는 사람들이 자신을 알아볼까 봐 농장에서도 눈에 띄지 않는 곳에 틀어박혀 있었다. 타이거 릴리가 박사님을 맞는 태도는 그 전날 나와 클링을 맞이한 태도와는 사뭇 달랐다. 녀석은 박사님을 만나서 진심으로 기쁜 듯했고 깊은 신뢰를 품은 채 박사님이 서 있는 곳으로 곧장 다가왔다.

박사님은 아주 부드럽게, 마치 날씨나 뭐 그런 것에 대해 말하듯, 녀석이 싫어하는 두 남자 모두 젠킨스 씨 마구간을 이미 떠났고 다시는 돌아오지 않을 것이므로 젠킨스 씨에게 되돌아가는 것을 두려워할 필요가 없다고 말했다. 또한 박사님은 랭글리의 자리를 메울 마부가 타이거 릴리의 마음에 들지 않으면 박사님이 직접 젠킨스 씨에게 그 사실을 전하겠다고 약속했으며, 젠킨스 씨가 녀석의 불만 사항이 해결되는지 직접 살펴볼 것이라고도 말했다.

타이거 릴리는 생각에 잠긴 채 박사님의 말을 듣더니 마침내 말했다.

"알겠어요, 박사님. 돌아가겠어요. 그런데 제가 은퇴하게 되면 젠킨스 씨에게 돈을 지불해서 저를 사신 다음 이리로 다시 돌려보내 주겠다고 박사님이 저와 약속해 주시면 좋겠어요."

박사님이 말했다. "물론이지. 젠킨스 씨도 그 제안에 분명히 동의할 거야. 네 등에 안장이 있었니?"

녀석이 말했다. "네, 하지만 제가 목 비비는 말뚝에다가 비벼 대는 바람에 등에서 떨어져 버렸어요. 전 안장을 빼 버리려고 뱃대끈을 죄다 물어뜯어야 했어요. 그래도 갈 때만 쓰실 거라면 끈을 이어 붙여서 쓰실 수 있을 거예요."

내가 아름다운 그 말을 너무나 타 보고 싶어 한다는 걸 안 박사님은 기쁘게도 내게 타이거 릴리를 타라고 말씀하셨다. 박사님과 개들은 마차를 타고 돌아가기로 했다. 타이거 릴리 역시 매우 상냥하게도 박사님의 제안에 동의했다. 다만 녀석은 여정이 끝나기 전 자신이 태운 사람 중에 내가 제일 실력 없는 기수였다고 말했다. 아무튼 내겐 정말 즐거운 경험이었다. 돌아가는 길에 난 타이거 릴리로부터 전에는 몰랐던 고삐 잘 다루는 법과 안장에 단단히 앉는 법을 배웠다.

우리가 그날 저녁 식사를 위해 자리에 앉았을 때 (대브대브는 우리를 위해 아주아주 맛난, 늦게 수확한 완두콩을 준비했다.) 거브거브는 평상시와 마찬가지로 우리에게 오늘 하루 동안 뭘 했는지 말해 달라고 했다. 우리는 거브거브에게 타이거 릴리를 데려와서 젠킨스 씨에게 돌려주었다고 말했다.

"그런데 토비아스 윌크스는 어떻게 됐어요?" 거브거브가 물었다.

박사님이 말했다. "아, 내가 젠킨스 씨와 같이 경찰서에 갔어. 윌크스는 이미 유치장에서 풀려났단다."

"유치장이라고요!" 거브거브가 완두콩 접시에 박고 있던 코를 들며 꿀꿀거렸다. "유치장이 뭐예요?"

"그건 유자차하고는 아무 상관없는 거야." 지프가 경멸적으로 말했다. "박사님 말씀은 윌크스가 이미 감옥에서 풀려났다는 뜻이야. 네 정신은 그저 온통 먹을 거에만 쏠려 있구나. 예전에도 이런 말을 들었겠지만."

거브거브가 말했다. "먹을 것만 생각하는 것보다 더 나쁜 것도 있는걸. 세상에! 저녁 먹을 때 쓰는 안경을 가져왔어야 했는데. 콩들이 너무 작아서 보이질 않아. 허! 윌크스도 풀려나고 말도 돌아왔다 이거지. 그럼 기절한 남자의 미스터리는 이걸로 끝인 것 같네. 클링은 훌륭한 탐정이고 이 사건도 수준 높은 미스터리였어. 다음에는 무슨 일이 일어날지 궁금한데?"

"더 이상 아무 일도 없을 거야." 박사님이 재빨리 말했다.

"정말로 아무 일 없을 거야!" 성난 대브대브가 거브거브를 쏘아보며 콧방귀를 뀌었다.

"뭐든 적당한 게 좋은 거야." 원숭이 치치가 끼어들었다.

폴리네시아가 말했다. "아프리카에는 수수께끼가 너무나 많아. 그래도 날씨는 끝내줬지. 난 굴뚝에서 바람이 웅웅대는 게 싫어. 아아, 여름이 벌써 끝났으니 이제 몸이 으슬으슬 떨리는 계절이 시작되겠군. 박사님 양말을 가져다가 스웨터나 한 벌 만들어야겠어."

거브거브가 말했다. "수수께끼도 안 되고 탐정 사건도 없으면 이 긴 겨울밤을 무슨 재미로 보내지? 박사님은 항상 너무 바빠서 난롯불 앞에서 우리에게 이야기를 들려주실 수도 없잖아."

"토미, 동물들이 무슨 얘기를 하는 거야?" 범포가 물었다.

"박사님이 방금 거브거브에게 미스터리나 탐정 일은 이걸로 충분하다고 말씀하셨어요." 내가 말했다.

"아, 확실히 그래." 범포가 빵과 당밀을 한입 가득 베어 물면서 말했다. "난 미스터리 분위기는 딱 질색이야."

박사님이 말했다. "스터빈스, 저녁 다 먹었으면 지금 당장 잡종 개 아파트로 가서 클링이 뭔가 또 새로운 문제에 손대기 전에 얘기하는 게 좋겠다. 난 정말 더 이상 방해받고 싶지 않아. 나방 책 쓰는 일이 너무 많이 밀렸거든."

"제 책도 밀렸어요!" 거브거브가 콩을 더 담기 위해 접시를 앞으로 밀면서 말했다.

투투가 꽥 소리를 질렀다. "네 책이라구! 도대체 네가 무슨 책을 쓰고 있다는 거야?"

거브거브가 조용히 말했다. "음식의 역사, 아주 중요한 책이야. 거의 다 썼어. 이제 일곱 권만 더 쓰면 돼."

남방떠들썩
오리들

→ 1장 ←

리젠트 공원

박사님은 카나리아 오페라의 런던 공연을 준비할 때 노래와 안무를 맡을 새들을 찾기 위해 동물원에 간 적이 있었다. 그때 런던 참새 치프사이드와 그의 아내인 베키도 박사님을 돕기 위해 동행했다. 박사님이 오페라를 제작할 때 옆에서 도왔던 돼지 거브거브도 박사님이 캐스팅을 할 때 옆에 있고 싶어 했다.

"저도 동물원에 가도 돼요?" 거브거브가 말했다.

"아니, 안 돼." 치프사이드가 말을 잘랐다. "넌 우리가 사람들의 이목을 끌면 좋겠어? 진짜 돼지가 졸졸 따라다니면 박사님이 군중 틈에서 걸음이나 제대로 걸으실 수 있겠니?"

그리하여 너무나 아쉽게도 거브거브는 다시 뒤에 남겨졌고 박사님은 참새들만 데리고 동물원으로 출발했다.

40분 정도 걸어서 리젠트 공원 근처에 다다랐을 즈음 치프사이드가 물었다. "박사님은 마지막으로 이곳에 오신 게 언제인가요?"

존 둘리틀 박사님이 말했다. "세상에! 어디 보자, 마지막으로 이곳에 온 지 2년도 넘은 거 같구나."

치프사이드가 아는 체하면서 말했다. "허! 박사님은 이곳이 꽤 많이 바뀌었다는 걸 아시게 될 거예요. 훨씬 커졌어요. 그래도 박사님이 원하는 새들을 다 보실 수 있을 거예요. 이곳은 유럽에서 새 종류가 가장 많은 곳이거든요."

"넌 그걸 어떻게 알지?" 박사님이 물었다.

치프사이드가 당당하게 말했다. "아, 제가 유럽에 있는 동물원이란 동물원은 죄다 가 봤거든요. 아시다시피 저희는 리젠트 공원에 살았었죠. 그리고 우리가 그곳을 떠난 후 베키는 만날 공원으로 다시 돌아가자며 저를 들들 볶아 댔어요. 하지만 전 세인트 폴 대성당보다 더 좋은 곳은 없다고 항상 말했어요. 도심에 더 가깝잖아요. 한번은 베키가 저를 너무 힘들게 하길래 베키도 달랠 겸 다른 유럽 동물원에 데려가겠다고 말했어요. 그런데 베키는 여행에서 돌아오고 난 후 리젠트 공원에 더 푹 빠졌지 뭐예요."

"어느 나라에 갔었니?" 박사님이 물었다.

치프사이드가 한숨을 쉬었다. "거의 모든 나라에 다 갔어요. 유럽을 다 돌았거든요. 하지만 우리 둘 다 런던에 다시 돌아오게 되어 기뻤어요. 그래도 몇몇 외국 도시들은 그렇게 나쁘진 않았어요. 함부르크하고 안트베르펜에는 무지무지하게 큰 동물원이 있더라구요. 제 생각에 그곳들은 별것도 아니에요. 전 파리가 좋았어요. 파리에는 멋진 식물원이 하나 있었는데 사람들은 그곳을 자르동 데 플롱트라고 부르더군요. 그곳에는 앵무하고 금강앵무들이 많았어요. 시끄럽기 짝이 없는 새들이지요. 파리에서 제 맘에 쏙 들었던 곳은 르브르궁 근처에 있는 디틸리리 정원이었어요. 그곳에는 아주 나이가 많은 사람이 한 명 있었는데, 아무도 그 사람이 몇 살인지 몰랐죠. 그 사람은 참새들에게 먹이 주는 일을 전문적으로 했어요. 아주 오랫동안 그 일을 했지요. 자기 사진을 찍은 다음 손에 빵 부스러기랑 같이 들고 있으면 참새들이 죄다 그 사람 위로 몰려들더라구요. 베키랑 제가 파리에 있을 때 그 부스러기들은 거의 저희 차지였어요. 프랑스 참새들은 몸싸움에 별로 소질도 없는 데다 어떤 애들은 어찌나 공손하게 '먼저 드세요' 하고 말하던지 전 걔네들이 굶어 죽지 않는 게 신기하더라구요. 전 파리가 꽤 마음에 들었어요. 베키는 시시한 곳인 것 같다고 했지만요. 그다음엔 뻐꾸기 시계가 처음으로 만들어진 스위스의 제네바에 갔어요. 그곳에는 뒷마당 정도 크기의 공원이 있었는데 사람들은 그곳을 자르동 옹글레이즈라고 부르더라구요. 자르동 옹글레이즈는 프랑스어로 영국식 정원이라는 뜻이래요. 참 뻔뻔스럽기도 하지! 그곳에 영국스러운 건 하나도 없던데. 심지어 민들레도 없었다니까요. 제네바를 본 다음 로마, 바르셀로나, 마드리드 등 다른 곳도 갔어요. 유럽을 한 바퀴 다 돈 셈이죠. 하지만 역시 런던으로 돌아오니 행복하더라구요."

베키가 말했다. "그래요, 그리고 당신은 곧장 세인트 폴 성당으로 가더니 런던에서 제일 시끄러운 곳에 둥지를 틀더군요. 여행에서 배운 게 고작 그거라니. 마음이 넓어지기는커녕 오히려 밴댕이 소갈딱지만 해졌다니까요. 도대체 누가 리젠트 공원이나 다른 멋진 시골을 놔두고 런던에서 제일 복잡한 곳에다, 그것도 런던 증권거래소 바로 위에다가 둥지를 틀고 싶어 하겠어요?"

치프사이드가 말했다. "묵은 논쟁거리를 지금 다시 꺼내진 맙시다. 이제 공원에 다 왔어요. 잎이 거의 떨어졌네요. 뭐 언제 와도 좋긴 하지만."

존 둘리틀 박사님은 리젠트 공원 입구에 들어서자 치프사이드 부인이 말한 대로 이곳이야말로 도시 참새들이 집을 짓고 살기에 정말 천국 같은 곳이라는 걸 인정하지 않을 수 없었다. 드넓은 잔디밭에는 커다란 느릅나무와 마로니에 등 온갖 다양한 나무들이 하늘 높이 솟아 있었다. 산책로 가장자리에는 잘 손질된 화단이 죽 이어져 있었다. 울타리로 막혀서 사람들의 발길이 닿지 않는 관목들은 아늑하고 한적해서 안전하고 조용한 곳에 둥지를 트는 새들에겐 안성맞춤이었다. 도시 새들이 볼 때 결코 촌스러운 곳도 아니었다. 이곳에서는 많은 인간들이 참새들 곁을 오가고 있었다. 유모차를 밀면서 아이들 손을 잡아끄는 여자들이 곳곳에 보였다. 동물원을 가려는 방문객은 모두 이 공원을 통과해야 했다. 이곳에는 야외 식당들도 있었는데, 나들이 나온 가족들은 커다란 느릅나무 밑에 있는 작은 테이블에서 식사를 할 수 있었다. 부스러기를 먹고 있는 통통한 참새들을 보면 알 수 있듯 이곳의 새들은 굶주릴 일이 없었다.

존 둘리틀 박사님이 그 모습을 보라고 치프사이드를 부르자 녀석이 말했다. "네, 박사님. 그래도 먹는 건 도시가 더 나아요. 도랑 다방만 해도 밥 먹기가 여기보다 훨씬 나으니까요."

"무슨 다방이라고?" 박사님이 물었다.

치프사이드가 반복했다. "도랑 다방이요. 점심을 파는 마차인데 밤새도록 커피도 팔아요. 사람들이 공원으로 소풍을 가는 건 여름뿐이잖아요. 참새들이 먹을 게 궁해지는 혹독한 겨울이 되면 공원에는 먹을 게 눈곱만치도 없어요. 날씨가 따뜻할 때에야 삶은 달걀이나 샌드위치 조각들이 코끼리도 먹다가 배가 터질 정도로 잔디밭에 널려 있지만요. 겨울엔 아니죠, 절대로요. 동풍만 불면 사람들은 귀여운 북극곰들을 보러 올 생각을 안 해요. 하지만 도랑 다방은 밤새도록 열어요. 마부나 경찰관, 거리 청소부랑 청과상들이 5분마다 판매대에 와서 도로에 부스러기들을 떨어뜨리죠. 전이 도시를 샅샅이 안다니까요. 사계절 내내 입에 풀칠이라도 하려면, 뭐랄까, 도랑 다방 옆에 진을 치고 있는 게 나아요."

베키가 말했다. "여름에는 여기서 살고 겨울에는 대성당으로 돌아가면 되잖아요? 이게 내가 3년도 넘게 당신에게 했던 말이라구요. 매일 밤 시끄러운 마차 소리와 신문 배달 소년들이 외쳐 대는 소리를 들으면서 자는 것보다는 이 조용하고 평화로운 공원에서

145

자라는 게 아이들에게도 낫다구요."

치프사이드가 말했다. "알았어요, 베키. 그래도 우리 아이들은 잘 자랐잖아요. 녀석들이 짜증을 내면서 특별히 맛있는 걸 찾을 때, 당신이 말한 것 중에 내가 바로 갖다주지 못한 게 하나라도 있었어요? 당신, 버티가 위경련을 일으켰을 때 내가 그 꼭두새벽에 코벤트 가든 시장에 가서 가져온 아스파라거스 끄트머리 기억하죠. 허! 그렇게 급한 상황에 도대체 어디 가서 그 귀한 걸 얻을 수 있겠어요? 여기저기 다 둘러봐요, 베키, 그래 봐야 세인트 폴 대성당만 한 곳이 없어요. 거기가 바로 중심지라구요."

치프사이드의 이야기

존 둘리틀 박사님은 동물원 우리 입구에 도착하기도 전부터 공원에 사는 동물들의 환영을 받았다. 통통한 산비둘기들이 거대한 느릅나무 아래로 내려오더니 박사님에게 문안 인사를 하고는 런던에서 박사님을 뵙게 되어 기쁘다고 말했다. 활기 넘치는 다람쥐들도 진달래 덤불 아래에서 튀어나오더니 박사님에게 환영 인사를 했다. 위대한 둘리틀 박사님의 안내를 맡은 덕분에 목에 한껏 힘이 들어간 치프사이드가 마중 나온 동물들을 보며 경멸조로 말했다.

"다람쥐들은 죄다 도둑놈들이에요. 타고난 소매치기들이죠. 그리고 산비둘기는 다들 대식가들이에요. 베키하고 제가 여기 사는

다람쥐들이 덤불 아래에서 튀어나왔다.

동안 쟤네들이 주위에 있을 때 좀 먹을 만한 걸 모으려면 온 시간을 다 바쳐야 했다니까요."

동물원 입구에 도착한 박사님은 작은 창문 앞에서 입장료를 냈다.

"우리 입장료는 내실 필요 없어요. 우린 날아서 들어가니까요. 뭐, 어쨌든 저희는 이곳 주민이었기 때문에 정기 입장권을 받을 자격이 돼요."

"넌 왕립 동물 협회 회원이 되어야겠구나." 박사님이 웃었다.

"흐음, 저도 제가 아는 몇몇 회원들만큼은 자연사를 잘 안다고 생각해요." 치프사이드가 말했다.

안에 입장한 박사님 눈에 제일 먼저 띈 건 페인트칠을 하고 있는 동물 우리였다. 다른 우리들도 막 페인트칠이 끝난 상태였다.

"아, 여긴 참 좋은 동물원이에요." 치프사이드는 자랑스럽게 주변을 둘러보며 말했다. "사람들은 이곳을 항상 깔끔한 상태로 유지해요. 페인트는 마르는 동안에는 냄새가 고약하죠. 그래도 이곳 동물원이 세계에서 가장 깨끗하게 관리되고 있어요."

야외 음악당 근처의 넓은 공간에는 식당이 있었다. 박사님은 새들을 뽑기 위해 동물원을 둘러보기에 앞서 차를 한 잔 마시면 좋겠다고 생각했다. 박사님이 작은 식탁 중 한 곳에 앉자 이내 종업원이 시중을 들었다. 베키와 치프사이드는 박사님의 찻잔 옆에 서서는 박사님의 접시에서 떨어지는 케이크 부스러기를 쪼아 먹어서 동물원에 있는 다른 참새들의 부러움을 샀다.

치프사이드가 말했다. "저쪽, 야외 음악당 반대쪽에 아주 멋진 볼거리가 있어요."

"내가 보기엔 그곳도 찻집이 있는 정원 같은데." 박사님이 빈터 쪽을 바라보며 말했다.

참새 치프사이드가 말했다. "맞아요. 회원들을 위한 전용 구역이에요. 팻말을 보세요. '회원 전용'이라고 쓰여 있잖아요. 왕립 동물 협회 회원들을 위한 곳이에요. 설마 그곳이 원숭이를 위한 곳이라고 생각하시는 건 아니겠지요. 저기 허수아비같이 큰 키에 까만 모자를 쓰고 있는 낄낄매부리코 씨 말이에요. 왕립 동물 협회 회원이긴 하지만 자연사에는 완전히 문외한이에요. 그런데도 만날 회원 전용 구역에서 차를 마시고 있어요. 박사님은 저런 얼굴 본 적 있으세요? 아이들이 저 사람에게 땅콩을 던지지나 않을지 모르겠어요. 바보 멍청이처럼 외알 안경 너머로 우리를 쳐다보는 것 좀 보세요. 박사님이 누군지도 모르나 봐요. 농담이겠지요? 세상에, 동물에 대해서는 쥐꼬리만큼도 모르면서 세상에서 제일 위대한 자연학자인 박사님 앞에서 자기가 자연학자인 척 잘난 체를 하고 있다니까요. 정말 웃기지 않아요?"

"우리 문 옆에 있는 저 큰 새장은 뭘까?" 박사님이 다시 찻잔을 채우면서 물었다.

"아, 저건 남방떠들썩오리들이 사는 새장이에요. 남방떠들썩오리들은 착한 녀석들이에요. 모든 새들이 좋아하죠. 언제부터인지 모르겠는데, 녀석들은 야생 상태로 지낼 때부터 작은 새들을 위험에서 보호해 줬어요. 그래서 여기 살 때 전 녀석들을 위해 건포도를 모으곤 했어요. 녀석들이 그걸 좋아했거든요."

박사님이 말했다. "건포도라고? 그게 어디서 났어?"

"옆에 있는 찻집에 들어가 회원들이 먹는 빵에서 건포도를 빼내곤 했어요. 제가 여기 살 때 낄낄매부리코 씨는 건포도 없는 빵을 먹어야 했지요. 그 건포도가 다 떠들썩오리들에게 갔거든요. 웃기긴 한데 녀석들에게 호의를 베푼 게 제 목숨을 구하는 계기가 됐어요."

"그건 무슨 얘기니?" 박사님이 물었다.

베키가 존 둘리틀 박사님이 준 빵 조각을 쪼아 먹으면서 말했다. "이야기가 길어요."

박사님이 말했다. "듣고 싶구나. 떠들썩오리들이 다른 새들을 보호해 준다는 너희들 이야기가 참 흥미로워. 치프사이드, 얘기해 보렴. 우린 이곳 새들을 다 보려면 한참을 걸어야 해. 그리고 난 10분 정도는 기꺼이 쉴 수 있어."

치프사이드가 이야기를 시작했다. "떠들썩오리들이 이 동물원으로 온 건 제가 이곳에 살기 시작한 지 한 달쯤 후였어요. 전 그 새들이 이곳에 도착했을 때가 생생하게 기억나요. 동물원에 사는 새들 모두 꽤나 들썩들썩했는데, 왜냐하면 우린 녀석들의 명성을 익히 알고 있었거든요. 그래서 저를 비롯해 동물원에 둥지를 틀고 살고 있는 다른 참새들 여섯 마리가 새로운 이웃을 맞으러 갔어요. 떠들썩오리들은 낙심해서 풀이 죽어 있었는데, 그도 그럴 게 잡힌 지 얼마 안 됐더라구요. 그래서 우리는 최선을 다해 녀석들이 친구들과 함께 있다는 마음이 들게 하려고 노력했어요 전 일단 먹는 것 중에 가장 좋아하는 게 뭐냐고 떠들썩오리들에게 물었어요. 녀석들은 처음에는 별 관심이 없더라구요. 그런데 배가 고파지자 이내 자기들이 가장 좋아하는 별미가 말린 건포도라고 하더군요.

제가 말했어요. '알겠어요. 한번 알아봐야겠어요.' 그러고서 음식 사냥에 나섰지요. 일단 일반 식당이랑 차를 파는 가게에 가 봤어요. 또 단것들, 그러니까 초콜릿이나 아이들용 간식을 파는 옛 친구에게도 갔지요. 하지만 건포도는 없었어요. 다른 건 거의 다 있는데 건포도는 없더라구요. 그때 베키가 제게 말했어요. '회원 전용 구역에 가 보면 어때요? 회원들이 거기서 시도 때도 없이 차를 마시잖아요. 그리로 가서 건포도를 좀 얻을 수 있는지 알아봅시다.'

우리는 함께 터덜터덜 걸어서 회원들이 먹는 메뉴를 알아보려고 갔어요. 그런데 아주 넌더리가 났지 뭐예요. 글쎄 이 사람들이 씨앗 케이크만 먹는 거예요. 낄낄매부리코 씨도 그 케이크를 진짜 좋아하는 것 같았어요. 그때 전 차분히 생각해 봤어요. 한참 동안 심사숙고한 끝에 베키에게 말했지요. '사람들이 회원들을 위한 찻집에서 건포도 빵이나 건포도 케이크를 계속 먹도록 메뉴를 바꿔야겠어요.'

베키가 말했어요. '알겠어요. 그런데 당신이 그걸 어떻게 한다

는 거예요?'

제가 말했지요. '쥐들이 있잖아요. 가서 쥐들을 만나 봅시다.'"

↘ 3장 ↙

떠들썩오리들을 위한 건포도

"우리는 찻집 부엌의 뒷문으로 가서 기웃거리다가 지하실 계단 옆 구멍에서 나오는 늙은 쥐를 만났어요.

내가 쥐의 꼬리를 잡고 말했지요. '이봐요. 당신에게 할 말이 있어요. 어젯밤에 온 남방떠들썩오리들은 자연에서 지내는 작은 새들을 항상 지켜 주는 특별한 새예요. 그러니까 우리는 운이 없어서 잡힌 그들이 여기서 편하게 지내도록 잘 살펴봐야 해요. 알겠어요? 사람들은 동물 협회 회원들에게만 씨앗 케이크를 제공해요. 우리는 당신이 씨앗 케이크를 다 훔치든 어떤 식으로든 망쳐 버리면 좋겠어요. 당신은 지하실을 마음대로 드나들 수도 있고 씨앗 케이크가 어디에 보관되어 있는지도 알잖아요. 계속해서 씨앗

케이크를 훔치거나 망쳐서 사람들이 씨앗 케이크 대신 건포도 빵을 먹도록 하면 되는 거예요, 알겠어요?'

쥐는 우쭐한 듯 콧수염을 씰룩거리며 말했어요. '아, 아니, 난 어떻게 해야 할지 모르겠는걸.'

내가 말했지요. '당신은 필시 그 방법을 아주 잘, 그것도 아주 빨리 찾아낼 수 있을 거예요. 떠들썩오리들이 이곳에 사는 작은 새들을 보호해 주는 대가를 제대로 받고 있는지 확인하는 일은 이곳 동물원에 사는 우리 모두의 책임이에요. 만약 당신이 내 말대로 하지 않으면 동물원에 있는 모든 동물에게 당신을 외부의 적으로 간주하라고 말할 거예요. 당신은 우리랑 마찬가지로 동물들에게 주는 먹이 부스러기로 연명하고 있잖아요. 내 말을 믿어요. 만약 내 말대로 하지 않으면 당신은 큰 곤경에 처하게 될 거예요. 이제 당신 친구들을 모조리 불러서 작업을 시작하도록 하세요.'"

치프사이드가 말을 이었다. "쥐들은 그 일을 정말 훌륭하게 해냈어요. 어떻게 했는지 아세요? 저랑 얘기한 그 쥐는 쥐들 중에서 제일 나이가 많고 몸을 숨기는 데 천재적인 소질이 있었는데, 가서 씨앗 케이크에 쥐약 한 병을 통째로 들이부었지 뭐예요. 그 늙은 쥐는 오랫동안 쥐덫이나 흰담비 등 쥐를 죽이는 데 사용되는 온갖 발명품을 다 피해 다니면서 살아 왔는데, 그 쥐가 얼마나 대단하냐면 감기로 머리가 멍한 상태에서도 시장에서 파는 모든 쥐약 냄새를 귀신같이 알아챈다는 거예요. 늙은 쥐는 온갖 교묘한 방법을 동원해서 찻집 아래에 사는 다른 쥐들에게도 작업을 지시했어요. 쥐약이 어디에 있는지 알고 있었던 그는 내가 떠난 다음 지하실로 가서 다음 날 회원들이 차와 함께 먹을 씨앗 케이크에 쥐약을 뿌리기로 했어요."

치프사이드는 잠시 말을 멈추고는 생각에 잠긴 채 입가에 미소를 지었다.

"박사님은 그런 난장판은 한 번도 본 적이 없을 거예요." 치프사이드가 이내 낄낄거렸다.

"그날 오후 네 시쯤 회원 전용 구역에서 엄청나게 소란스러운 소리가 들렸어요. 우리는 가서 무슨 일인지 보고 싶었는데, 글쎄 끔찍한 복통에 시달리는 낄낄매부리코 씨가 병원으로 가기 위해 실려 나오는 거였어요. 그런데 우스운 게 뭔지 아세요? 쥐가 케이크에 뿌린 그 쥐약이 바로 낄낄매부리코 씨가 발명한 쥐약이라는 사실이에요. 사실 낄낄매부리코 씨가 자연사에 기여한 게 그 발명 딱 하나뿐이었어요. 그는 자신의 발명을 굉장히 뿌듯해 했지요. 그런데 그의 코는 씨앗 케이크에 뿌려진 자기 발명품 냄새도 구분하지 못할 만큼 과학과는 거리가 멀었던 거지요. 전 베키에게 말했어요. '낄낄매부리코 씨는 자기가 발명한 쥐약을 회원용 독이라고 이름 지은 다음 그 독약에 찻집 앞 팻말에 쓰인 것처럼 회원 전용이라고 표시하는 게 낫겠어요.'

그런데 세상에! 베키가 이렇게 말하는 거예요. '사태가 심각해요. 이렇게 회원들이 죽게 내버려두면 안 돼요. 다시 가서 그 쥐를 만나 다른 방법을 찾아보라고 하세요.'

156

"낄낄매부리코 씨가 병원으로 실려 갔어요."

내가 말했어요. '알겠어요. 난 회원들이 죽는다 한들 자연사에 무슨 큰 손실이 되는지 모르겠지만, 그래도 당신 말이 맞겠지요.'

우린 몰래 찻집 부엌으로 가서 우리 친구인 쥐를 만나서는 이번 방법은 완벽하긴 하지만 너무 극단적이니 씨앗 케이크를 좋아하는 회원들의 입맛을 바꿀 다른 방법을 찾아보라고 말했어요. 그런데 우리가 더 이상 다른 음모를 꾸밀 필요가 없어졌어요. 2주쯤 후 복통에서 회복된 낄낄매부리코 씨가 회원 전용 구역에 다시 나타나서 맨 처음 한 말이 바로 찻집에서 씨앗 케이크를 다시는 보고 싶지 않다는 거였거든요. 그리하여 그들은 차와 함께 내기 위해 건포도 빵과 자두 케이크를 잔뜩 주문하기 시작했어요. 우리가 성공한 거예요. 나와 베키와 열 마리 남짓한 우리 친구들은 매일 오후 두 시간씩 의자 밑에 떨어진 건포도를 주웠고, 심지어 아무도 안 볼 때면 테이블 위에 있는 빵에서 건포도를 빼내기도 했어요. 그리고 저녁 때 우리가 모은 건포도를 한데 모아 남방떠들썩오리들이 사는 새장으로 가져가서는 그들이 먹을 수 있도록 새장 위 철망 사이로 떨어뜨려 줬지요."

→ 4장 ←

구사일생으로 살아난 치프사이드

"떠들썩오리들은 새장에 갇혀 있을 때에도 새 한 마리를 구한 적이 있는데, 그 새가 바로 나예요. 그때 우리 둥지에는 베키와 내 자식들이 있었는데, 베키는 내게 종종 아이들에게 먹일 비곗덩어리를 구해 오라고 말하곤 했어요. 어린 새들은 어느 정도는 고기를 먹어야 하거든요. 그래서 나는 종종 사자 우리에 가서 사자들이 밥을 잔뜩 먹은 다음 잠든 틈을 타 비계를 훔쳐 오곤 했어요. 다른 곳에서 구해 오기도 했구요. 그중에는 부엉이 집도 있었어요. 그때 부엉이 집은 회원 전용 구역 맞은편에 있는 떠들썩오리의 새장 바로 옆에 있었어요. 부엉이 집은 낮은 우리였는데 뒤쪽에는 동물들이 다니는 길이 있고 철망으로 막혀 있었지요. 부엉이 집은 여섯 칸으로 이루어져 있었어요. 가운데 칸은 추하고 노회하고 못된 수리부엉이가 차지하고 있었어요. 우리는 수리부엉이를 '우리 투덜이 씨'라고 부르곤 했어요. 그는 누구에게도 좋은 소리를 하는 법이 없었어요."

치프사이드가 말을 이어 갔다. "수리부엉이, 그러니까 우리 투덜이 씨는 고기 조각을 주우러 자신의 우리로 날아드는 나를 좋아하지 않았어요. 머리를 잘리고 싶지 않으면 제집에 발을 들여놓지 말라고 내게 몇 번이나 경고했지요. 하지만 수리부엉이는 낮에는 주로 횃대에서 잠을 자기 때문에 난 허락 없이 철망 사이로 숨어들어 고기 조각을 챙겨 오곤 했어요.

베키가 내게 비계 좀 구해 오라고 시킨 어느 날, 아무런 소득 없이 여러 새장과 우리를 전전하던 나는 혼잣말을 했어요. '투덜이 씨 식당에 가서 내 운을 시험해 봐야겠군.' 그리고 난 그리로 향했지요. 그날 오후는 날씨가 화창했고, 투덜이 씨는 횃대에서 세상모르게 곯아떨어져 있었어요. 난 철망 사이로 들어가서 소리를 죽인 채 비계를 모으기 시작했어요. 그런데 내가 들어간 지 1~2분도 채 지나지 않았을 때 사육사가 들어오지 뭐예요. 난 문 뒤로 몸을 숨겼어요. 사육사는 빗자루질을 좀 하더니만, 운도 지지리도 없지, 부엉이 먹이를 담는 무거운 쇠 접시를 내가 드나들 때 출입구로 애용하는 철망 구멍 앞에 놓는 거였어요.

투덜이 씨는 사육사가 왔는데도 일어나지 않았어요. 난 보는 눈이 사라지자마자 비곗덩어리 대신 빠져나갈 구멍을 찾기 시작했어요. 그 무거운 쇠 접시를 움직이기엔 내 힘이 턱없이 부족하니까 대신 다른 구멍을 찾기 위해 그물망을 샅샅이 훑었어요. 날이 어두워지고 투덜이 씨가 잠에서 깨기라도 하면 내 목숨은 끝장이었지요. 수리부엉이는 제집에 발길을 끊으라고 내게 이미 경고했으니까요. 내가 어둠 속에서 날카로운 눈과 번개 같은 스피드를 자랑하는 녀석을 피해 도망칠 가능성은 거의 없었어요. 녀석이 나를 그냥 먹어 치울 게 뻔했지요. 그걸로 끝나는 거예요. 그러니 난 철망을 필사적으로 샅샅이 훑었어요. 하지만 참새가 통과할 만한 구멍은 단 한 군데도 없었지요.

난 생각했어요. '날이 밝을 때까지 어딘가에 몸을 숨기고 있는 수밖에 없겠군. 녀석이 다시 잠들고 사육사가 녀석의 아침 식사를 가지고 왔을 때 빠져나갈 수 있을지도 몰라.'

그리고 구석에 있는 녀석의 물통 뒤에 몸을 숨긴 나는 상황이 잘 풀리기를 바라며 기도를 하면서도 내가 비계를 가지고 돌아오지 않는 이 상황에 베키가 무슨 생각을 하고 있을지 궁금했어요. 어둠이 내리기 시작하자 수리부엉이 씨가 기지개를 켜면서 일어났어요. 그리고 제일 먼저 코를 킁킁거리는 게 아니겠어요!

나는 생각했어요. '세상에! 이미 내 냄새를 맡았겠군!' 아니나 다를까 녀석은 마치 내가 있다는 걸 다 안다는 듯 우리 구석구석을 뒤지기 시작했어요. 난 머리끝까지 겁이 났고 초조함이 극에 달했어요. 녀석은 드디어 물통 쪽으로 다가오더니 어둠 속에서 마치 등불처럼 빛나는 눈으로 물통 뒤에 있는 나를 찾아냈어요!

수리부엉이가 말했어요. '이제 넌 내게 잡혔어, 이 작은 악마 같은 놈!' 녀석이 저를 덮쳤어요. 나는 허공으로 치솟았어요. 그리고 새장 안에서 쫓고 쫓기는 대추격전이 시작됐지요.

난 쫓기면서 생각했어요. '헛수고야. 결국 난 녀석에게 잡히고 말 거야. 녀석이 나보다 두 배는 빠르니까.'

그런데 난 바로 옆에 사는 내 친구들, 남방떠들썩오리들을 잊고 있었어요. 녀석들은 내가 부엉이 집에 들어가는 걸 보고 있었지요. 그런데 우리 둘이 파닥거리며 나는 소리가 들리자 뭔가 문제가 생겼다는 걸 알아챈 거예요. 우리 안에는 남방떠들썩오리 열두어 마리가 있었는데, 별안간 녀석들 모두가 있는 힘껏 비명을 지르기 시작했어요. 그러자 동물이 우리에서 달아났다고 생각한 경비원이 손전등을 가지고 달려와서는 새장 쪽을 둘러봤어요. 그리고 수리부엉이가 어둠 속에서 뭔가를 쫓아 퍼덕거리며 나는 모습을 보고는 부엉이 집 문을 열었어요. 그 순간 눈 깜짝할 사이에 밖으로 나온 나는 우리 안에 있는 투덜이 씨를 향해 얼굴을 찡그리는 한편 내 행운에, 그리고 남방떠들썩오리들에게 감사했지요."

박사님이 말했다. "세상에! 넌 구사일생으로 살아났구나. 아무튼 끝이 좋으면 다 좋은 법이지."

"그건 셰익스피어가 한 말 아닌가요, 박사님?" 치프사이드가 물었다.

박사님이 웃었다. "맞아. 셰익스피어가 맨 처음 말했어. 여러 상황에 딱 들어맞는, 아주 유용한 표현이지. 이제 새들을 찾으러 가

"'이제 넌 내게 잡혔어. 이 작은 악마 같은 놈!'"

볼까?"

치프사이드가 말했다. "그러죠! 베키, 어서 와요. 박사님께 부엉이들을 보여드립시다. 녀석들이 박사님의 오페라 1막의 맨 마지막 부분을 우렁차게 장식할 거예요. 파란 바다를 항해하는 '홋홋' 선원 합창단이요!"

초록가슴
제비들

↳ 1장 ↲

감비아, 구구족의 땅

아주 오래전에 둘리틀 박사님은 아프리카에 아픈 원숭이들을 치료하러 가신 적이 있었다. 박사님이 도착한 나라는 졸리깅키라는 곳이었는데 졸리킹기 왕은 자신의 땅에 이방인이 들어오는 것을 좋아하지 않았다. 그래서 그는 박사님과 동물 가족들을 감옥에 가둬 버렸다. 친절한 사람이었던 왕의 아들 범포 왕자는 박사님과 동물 가족들이 몰래 도망갈 수 있도록 도와줬다. 그들은 먹을 식량이 있는지 제대로 확인도 하지 않고 허겁지겁 졸리깅키를 출발했다.

평생 동안 육지에서만 산 덕분에 항해에는 문외한이었던 범포 왕자는 왕의 지하 창고에 들어가 어둠 속에서 아무 상자나 손에 잡히는 대로 가져와서는 박사님의 배에 실었다. 항해 기간 동안 수석 조리사였던 오리 대브대브는 열어 본 상자마다 족족 고구마처럼 생긴 참마만 들어 있는 걸 보고 경악을 금치 못했다.

"참마! 참마들뿐이야!" 대브대브가 불평을 늘어놓았다. "참마 밖에 없는데 어떻게 맛있는 식사를 준비하냔 말이지!"

돼지 거브거브가 꿀꿀댔다. "하늘이 우리를 지켜 주겠지! 그런데 말이야, 왕은 설탕당근도 먹던데. 그 끔찍한 병사들이 우리를 궁전 감옥으로 끌고 갈 때 설탕당근 냄새가 나더라고. 바보 범포 같으니! 왜 상자 안을 안 본 거지? 난 굶어 죽기 전에는 이딴 건 안 먹을 테야!"

대브대브가 말을 끊었다. "아, 입 좀 다물지 못해! 넌 집에 도착할 때까지 안 먹어도 안 죽을걸. 네 갈비뼈에 붙어 있는 지방만으로도 넌 한 달은 멀쩡할 테니."

박사님이 말했다. "자, 자, 대브대브, 돼지가 뚱뚱한 건 당연한 거야. 넌 참마를 어떻게 요리할 생각이니?"

"전 모르겠다구요!" 대브대브가 씩씩거리며 말했다.

푸시미풀류가 말했다. "전혀 어렵지 않아. 참마 껍질을 벗겨서 칼로 썬 다음 야자기름에 튀기면 돼. 야자기름 튀김이라고 하는 건데 흑인들이 먹는 음식 중에 가장 흔해. 어떻게 하는 건지 내가 보여 줄게."

박사님이 말했다. "고맙구나. 네가 우리와 함께 있어서 참 다행이야. 아프리카 요리에 대해 아는 이가 없었다면 우린 다 굶어 죽었을지도 모르지."

다른 상자 한 개를 열던 개 지프가 물었다. "이건 뭐지? 냄새가
지독한데!"

푸시미풀류가 말했다. "말린 메뚜기야. 큰 메뚜기지. 그것도 튀
기면 돼. 맛이 참 좋아."

"웩! 곤충이라니!" 지프가 콧방귀를 뀌었다.

모두가 배를 곯았다. 그러다 배의 부엌에서 푸시미풀류가 시범
삼아 만든 야자기름 튀김을 먹어 본 가족들 모두 맛이 괜찮다는 걸
알고 깜짝 놀랐다. 하지만 짐칸에 잔뜩 있는 메뚜기는 누구 하나
입도 대지 않았다. 며칠이 지나자 모두들 아침, 점심, 저녁, 끼니마
다 나오는 똑같은 음식에 슬슬 싫증이 나기 시작했다. 집으로 돌아
가는 여정의 초반에는 계속 북쪽으로 항해했고, 아직 아프리카 해
안이 눈에 들어왔다. 어느 날 저녁 식사가 끝난 후, 모두가 평소보
다 더 야자기름 튀김에 신물을 느끼고 있을 때 박사님이 말했다.

"내 생각에는 우리가 졸리깅키 왕국을 안전하게 빠져나가게 되
면 그 즉시 어디든 내려서 바나나를 몇 개 구하는 게 좋겠어. 이 참
마는 분명히 영양가가 많긴 하지만 난 이제 아주 신물이 나거든."

"정말 좋은 생각인 것 같아요." 거브거브가 맞장구쳤다.

다음 날 아침 10시쯤 그들은 어느 아름다운 강의 하구를 지나게
되었다.

박사님이 말했다. "저곳에서 바나나를 구할 수 있을 것 같아. 배
를 저쪽으로 몰고 가서 한번 봐야겠어."

뱃머리를 육지 쪽으로 돌린 그들은 이내 아주 아름답고 넓은 강 하구로 들어섰다. 나무가 울창하게 우거진 강변 사이로 몇 킬로미터 정도 강을 거슬러 올라간 후 마침내 짚으로 만든 오두막들로 이루어진 커다란 마을 가까이에 닻을 내렸다.

알고 보니 이곳은 구구족들이 사는 감비아라는 나라의 수도였다. 감비아는 이곳부터 내륙으로 쭉 펼쳐져 있었다.

박사님은 그곳을 보자마자 감비아의 마을이 졸리깅키의 마을보다 더 깨끗하고 규모도 더 클 뿐 아니라 건물도 잘 지어졌다고 말했다.

하늘에서 박사님의 배를 따라 날던 제비들이 배가 방향을 틀자 함께 방향을 튼 후 강 하구로 날아와서는 배 주변 강둑에 내려앉자 이를 본 구구족 사람들은 크게 놀랐다. 이 마을 사람들은 많은 배들이 자신들의 항구를 방문하는 것에 익숙하지 않는데, 더군다나 배 한 척이 엄청난 새 떼와 함께 항구에 정박하는 건 난생처음 보는 광경이었다.

강변에 발을 디딘 박사님은 구구족 추장의 환영을 받았고, 추장은 박사님에게 매우 공손한 자세로 필요한 게 없는지 물었다. 박사님은 추장에게 박사님이 여분으로 가지고 있던 주머니칼을 선물로 주고는 배에 뭐가 필요한지 설명한 후 과일이라도 구할 수 있지 않을까 하여 이 항구로 온 것이라고 말했다.

추장은 박사님에게 과일 말고도 어떤 음식을 좋아하는지 물었다. 박사님이 필요한 식료품 명단을 줄줄이 읊자 거브거브는 입맛을 다셨다.

추장이 말했다. "당신이 얘기한 걸 모두 구할 수 있을지는 모르겠지만 최대한 구해 보도록 노력하겠습니다."

추장은 옆에 서 있던 종과 전령 몇몇에게 명령을 내렸다. 그리고 오래지 않아 박사님과 동물 가족들은 짐꾼들이 머리에 짐을 잔뜩 인 채 길게 줄지어 배를 향해 내려가는 모습을 보았다.

"이렇게 간단할 수가!" 그들을 보면서 박사님이 말했다. "만약 양식을 구하기 위해 리버풀에 정박했다면 이 양식들을 다 구하는 데에 일주일은 족히 걸렸을 거야."

박사의 계획

존 둘리틀 박사님은 추장에게 몇 번이나 고맙다는 인사를 한 후 보답으로 뭔가 해 줄 만한 게 없는지 물었다.

하지만 새로 생긴 주머니칼에 한없이 기분이 좋아진 추장은 박사님에게 어떠한 보답이나 감사 인사도 필요 없으며 박사님이 다시 감비아를 찾아 주길 바랄 뿐이라고 말했다.

강둑으로 되돌아간 존 둘리틀 박사님은 제비들 사이에서 큰 소란이 일어난 것을 보았다. 제비들 사이에 초록가슴새들이 잔뜩 있었는데 녀석들은 흥분한 상태로 찍찍대고 있었다.

몇 달 전 한 백인 여성이 이곳 구구족 마을을 방문한 적이 있었다. 그녀는 작가였으며 머리가 짧았고 넥타이를 매고 있었다. 그녀는 사실 그 당시 잉글랜드에서 신여성으로 불리는 여성이었다. 그녀는 구구족들의 땅에 발을 들여놓자마자 추장에게 이래라저래라 해 댔고, 나라는 이렇게 다스려야 한다는 둥, 아이들은 저렇게 길러야 한다는 둥 오만가지 것들에 대해 추장이 알아야 한다며 잔소리를 늘어놓았다.

그녀를 그다지 좋아하지 않았던 추장은 그녀가 다시 고국으로 돌아가게 되자 진심으로 반가워했다. 하지만 구구족 여인들은 이 신여성을 너무나도 존경했다. 아프리카의 풍습대로 평생 동안 남자들에게 순종하며 살아 온 이 여인들은 남편이나 추장이 여자에게 휘둘리는 모습을 전에는 한 번도 본 적이 없었다. 이 백인 여자가 어떻게 그런 마법을 부리는지 도무지 이해할 수 없었던 구구족 여자들은 아마도 백인 여자에게 그런 힘을 주는 부적 같은 게 있을 거라고 생각했다.

마침내 구구족 여자들은 백인 여자가 머리에 쓰고 있는 이상하게 생긴 모자에 마법의 힘이 있다고 생각했다. 그 모자는 남자들이 쓰는 중절모로 옆에 초록가슴제비의 깃털이 꽂혀 있었다. 남자들에게 이래라저래라 하는 신여성처럼 되고 싶었던 모든 구구족 아내들은 초록가슴제비의 깃털이 달린 중절모를 가져야 했다. 그들은 모자만 있으면 남편을 쥐고 흔들 수 있을 거라고 생각했다.

이 신여성에 대한 생각은 구구족의 나라 감비아 방방곡곡으로 퍼져 나갔다. 자신의 나라에 잉글랜드 작가 같은 여자들이 수천 명은 생길 거라는 생각에 잔뜩 겁을 집어먹은 추장이 당장 멈추라는 명령을 내렸지만 신여성들은 여전히 사람들을 만났고 비밀스럽게 일을 처리했다. 그리고 중절모에 달 깃털을 얻기 위해 덫이나 총을 사용해 수많은 초록가슴제비들을 잡았다.

이들 초록가슴제비들은 제비들과 아주 가까운 친척이었다. 녀석들은 박사님과 함께 여행하는 제비들에게 자신들이 처한 곤경을 이야기했다. 박사님이 강에 있는 자신의 배로 돌아왔을 때 목격한 게 바로 이 소동이었던 것이다.

박사님이 배로 다가가자 대장 제비 여섯 마리가 박사님에게 오더니 자신들과 가까운 초록가슴제비들이 새 사냥에 나선 구구족들에게 어떤 취급을 당하고 있는지 조목조목 고해 바쳤다.

제비들이 말했다. "빨리 무슨 조치를 취하지 않으면 이 나라의 제비들이 모조리 없어지고 말 거예요. 그건 수치스럽기 짝이 없는 일이에요."

박사님이 물었다. "그런데 초록가슴제비들이 다른 곳으로, 사냥꾼들을 피해 다른 육지로 갈 수는 없는 거니?"

제비가 대답했다. "다른 때라면 그럴 수 있었을 거예요. 하지만 지금은 둥지를 트는 시기예요. 알과 어린 새들을 떠날 수 없어요. 그랬다간 어린것들이 감기 들기 십상이거든요."

"이런! 초록가슴제비들은 뭘 먹고 사니?" 박사님이 물었다.

제비가 대답했다. "파리들이요. 우리랑 똑같아요. 모기랑 작은 나방들도 좋아해요. 아무튼 날아다니는 곤충이면 뭐든 먹을 거예요. 이제 이 나라에 사는 많은 엄마 새들은 남편을 잃어서 먹을 걸

174

물어다 줄 짝도 없는데 무서워서 먹이도 구하러 가지 못하고 둥지에 앉아만 있다가 다리에 쥐가 나서 죽게 생겼지 뭐예요."

"그것 참! 큰일이구나, 끔찍해! 내가 다시 가서 추장과 이 문제에 대해 이야기를 해 봐야겠어."

박사님은 가서 구구족 추장에게 저 아름다운 새들을 죽이는 걸 멈추기 위해 할 수 있는 일이 없는지 물었다.

추장은 자신이 할 수 있는 건 뭐든 하겠다고 말하고는 그 즉시 초록가슴제비 사냥을 멈추라는 명령을 전달할 전령들을 나라 전역에 보냈다.

존 둘리틀 박사님이 배로 돌아와서 초록가슴제비들에게 이 사실을 이야기했다. 제비들은 고맙다고 말하면서도 이곳에 며칠 더 머무르면서 그 명령이 제대로 이행되는지 살펴봐 달라고 박사님에게 부탁했다.

그리하여 박사님은 좀 더 나은 정박 장소를 찾아 도시에서 조금 멀리 떨어진 곳으로 배를 옮긴 다음 그곳에서 며칠 더 머물렀다. 그리고 카누를 타고 강을 따라 여행하면서 그 나라를 좀 더 둘러보는 시간을 가졌다.

박사님이 돌아왔을 때 초록가슴제비들이 박사님에게 다시 와서는 사람들이 추장의 명령을 따르지 않는다고, 박사님이 떠난 다음 비밀리에 200마리도 넘는 새들이 죽어서 중절모 장식으로 쓰였다고 말했다.

몹시 분노한 박사님은 이맛살을 찌푸린 채 잠시 말이 없었다.

곧이어 이 상황에 대해 의논해야 하니 모든 제비 대장들은 지금 당장 배의 선실로 오라고 말했다.

새들 모두가 커다란 탁자 주위에 편안하게 자리를 차지하고 앉자 곧바로 박사님이 말했다. "자, 너희 초록가슴제비들은 파리나 모기, 나방을 먹고 산다고 했지?"

초록가슴제비들이 말했다. "네, 하지만 작은 나방들만 먹을 수 있어요. 어린 새들은 크고 털이 많은 걸 먹으면 딸꾹질을 해요. 저희는 모기를 제일 좋아해요. 여름철 식사로는 신선하고 육즙 많은 모기만 한 게 없거든요."

박사님이 말했다. "좋아! 내 생각은 이래. 모기는 사람을 물지. 아주 귀찮아. 나방은 옷을 좀먹고. 날개미나 딱정벌레 같은 다른 곤충들도 만약 너희들이 먹지 않아서 그 수가 줄지 않는다면 사람들에게 아주 성가신 존재가 될 거야. 내가 제안하는 건 너희들이 당분간 파리랑 다른 곤충들을 먹지 않는 거야. 그럼 사람들은 그 곤충들이 엄청나게 성가시겠지. 그때 내가 구구족 아내들을 만나서 추장의 명령대로 너희들을 그냥 내버려두라고 설득해 볼게."

"그럼 그동안 저희는 뭘 먹죠? 저희는 핀치류나 찌르레기들과는 달라요. 박사님도 아시겠지만 저희는 곤충을 먹어야 해요."

박사님이 말했다. "아! 내가 그걸 생각 못 했구나."

그때 음식과 관련된 대화여서 그런지 다른 동물들과 함께 한껏 몰두해서 이야기를 듣던 거브거브가 말했다.

"박사님, 좋은 생각이 있어요."

"오! 그게 뭐지, 거브거브야?"

거브거브가 말했다. "이 배 아래층에 있는 짐칸에 가면 말린 메뚜기가 잔뜩 든 상자가 50개나 있잖아요. 구구족 아내들이 정신을 차릴 동안 제비들은 말린 메뚜기를 먹으면 어떨까요?"

박사님이 외쳤다. "훌륭해!" 박사님이 초록가슴제비들을 향해 물었다. "당분간 너희 아기 새들에게 말린 메뚜기를 먹일 수 있겠니?"

녀석들이 말했다. "아, 물론이죠, 그래야 한다면요."

박사님이 말했다. "잘됐어. 자 이제 우린 이 일을 확실하게 해야 해. 너희 대장들은 이 구역에 있는 제비, 칼새, 쏙독새, 때까치 등 파리나 곤충을 먹는 모든 새들에게 전령을 보내도록 해. 이 배 갑판에 말린 메뚜기를 넉넉하게 놔 둘 테니 와서 그걸 먹고 또 아기 새들에게도 갖다주라고 새들에게 전해. 하지만 지금부터 내가 얘기할 때까지 살아 있는 곤충은 입도 대서는 안 돼. 알겠지? 이러고도 우리가 짧은 시일 안에 구구족 여인들이 모자 스타일을 바꾸도록 설득하지 못한다면 그건 정말 놀랄 만한 일이 될 거야. 회의는 이걸로 끝이야. 이제 전령들을 보내고, 일이 어떻게 되어 가는지 내게 계속 알려 주렴."

해질 무렵 대장들이 박사님에게 돌아와서 박사님의 명령을 전달했다고 보고했다. 곤충을 먹는 모든 새들(최고의 곤충 사냥터인 아프리카에는 이런 새들이 대단히 많았다.)은 기꺼이 박사님을 돕기 위해 나방이나 모기, 개미는 입도 대지 않기로 했다.

↘ 3장 ↙

대장 제비 빠르미

그 후 2주 동안 갑판에 둔 말린 메뚜기를 먹기 위해 오가는 형형색색의 수많은 새들 덕분에 박사님의 배 주변은 언제나 떠들썩하고 흥이 넘쳤다.

20일 동안 박사님의 계획대로 실천한 결과는 박사님 자신이 보기에도 굉장히 놀라웠다. 새들이 털끝 하나 손대지 않는 그 순간부터 곤충들이 죄다 수천, 수만 개의 알을 낳기 시작했고, 어마어마한 대가족을 형성하면서 개체 수가 충격적이리만큼 기하급수적으로 불어났기 때문이다.

박사님의 계획이 대성공을 거뒀다는 걸 맨 처음 알게 된 건 한밤중에 잠에선 깬 거브거브 덕분이었다. 온몸을 모기에게 잔뜩 물린 녀석이 울음을 터뜨렸던 것이다. 배에 있는 나머지 식구들도 윙윙대며 괴롭히는 파리들 때문에 하나둘씩 잠에서 깬 후 뜬눈으로 밤을 샜다.

박사님은 침대에 앉아 사방으로 정신없이 찰싹찰싹 때려 대며 말했다. "아하! 이거 대단한걸. 구구족 여자들이 이 상황에 어떻게 반응할지 궁금하군."

모기 떼는 매 시각 그 수가 무섭게 늘어났다. 배에 있는 동물 가족들은 친구인 초록가슴제비들 때문에 끔찍한 고통을 겪었다. 박사님과 동물 가족들이 아침에 조심스럽게 갑판 위로 올라갔을 때 어찌나 많은 모기 떼와 날파리 떼가 들끓던지 그들 모두 곤충들에게 쫓겨 다시 선실로 돌아오고 말았다. 그들은 문을 쾅 닫고는 곤충 떼가 들어오지 못하도록 틈이란 틈은 모두 메웠다.

거브거브의 모습은 끔찍하기 이를 데 없었다. 실제로 녀석의 분홍빛 몸통에서 모기에 물리지 않은 곳은 찾아볼 수 없었다. 박사님은 거브거브에게 몸의 붓기를 빼고 싶으면 붕산을 채운 욕조에 몸을 푹 담가야 한다고 말했다. 파리를 쫓을 때 필요한 꼬리가 없는 푸시미풀류 역시 대단히 끔찍한 시간을 보냈다. 하지만 녀석은 결코 투덜대지 않았다.

당연한 말이지만 동물 가족 모두가 며칠 동안이나 신선한 공기도 쐬지 못하고 선실에만 머물러 있을 수는 없었다. 박사님은 곤충들로부터 자기 자신과 동물 가족을 보호해야 한다는 사실을 깨달았다. 박사님은 제비 대장 중 한 마리를 불렀다.

박사님의 호출을 받고 온 새는 대장들의 대장으로 굉장히 의젓하고 늘씬하며 기다란 날개와 날카롭고 멋진 눈을 가진 작은 새였다. 녀석의 이름은 '빠르미'였는데 깃털 달린 동물들 사이에서는 그 이름을 모르는 새가 없었다. 녀석은 아프리카와 유럽, 아메리카 대륙을 통틀어 파리 잡기 챔피언이었다. 빠르미는 매년 여름에 열리는 모든 비행 경기에서 오랫동안 우승을 독차지했고 작년에는 시속 300킬로미터가 넘는 속도로 대서양을 열한 시간 반 만에 횡단해 자신의 종전 기록을 깨기도 했다.

박사님이 말했다. "빠르미야, 지금 우리 일행은 여기 배 안에 갇혀서 꼼짝달싹 못 하고 있어. 모기뿐 아니라 우리를 물어 대는 곤충이 겁나서 바람을 쐴 수도, 기지개를 펴러 밖에 나갈 수도 없거든. 네가 우리를 위해서 어떻게 좀 해 주겠니?"

빠르미가 말했다. "물론입니다. 제가 굴뚝새들을 잔뜩 불러 모기가 박사님 일행에게 접근하지 못하도록 이 배 위에서 경계를 서도록 하겠습니다. 굴뚝새들이 박사님을 지켜 드릴 겁니다. 박사님, 박사님의 계획은 대성공입니다. 구구족 여자들은 지금 끔찍한 시간을 보내고 있거든요. 이쪽보다 상황이 훨씬 더 안 좋아요. 옷으로 가리지 않은 부분이 많다 보니 모기가 물 곳도 훨씬 많죠. 박사님께 굴뚝새를 곧 보내도록 하겠습니다."

빠르미가 말을 마친 후 날아갔다. 그리고 그 시간 이후 몸집은 굉장히 작지만 곤충 잡기 명수인 굴뚝새 900마리가 날아와서 박사님 배를 위해 특별 경계를 섰다. 이제 존 둘리틀 박사님과 동물

녀석의 이름은 '빠르미'였다.

가족들은 별 탈 없이 갑판에 나와서 바람도 쐬고 즐거운 시간을 보낼 수 있게 되었다.

그로부터 이틀 후 날이 밝기 전에 박사님이 지프에게 말했다.

"육지로 가서 상황이 어떻게 되어 가고 있는지 살펴봐야겠어. 개미하고 딱정벌레가 어제부턴가 엄청난 속도로 늘어나기 시작했거든. 그래서 내 마음이 좀 편치 않아. 이 상태로 너무 오래 두면 안 되겠어."

동물들은 갑판에서 떠나는 박사님을 지켜보았다. 박사님은 몸을 보호하기 위해 손에는 장갑을 꼈고 붉은 손수건으로 눈만 빼고 머리 전체를 완전히 가렸다.

모기에게 물렸던 상처가 완전히 다 나은 거브거브가 말했다. "박사님이 우리 중 아무도 데려가지 않아서 천만다행이야. 박사님 머리 주변에 들끓는 저 파리들 좀 봐!"

박사님이 배를 떠난 지 얼마 지나지 않아 올빼미 투투가 별안간 소리를 질렀다.

"아, 봐 봐! 박사님이 다시 뛰어오고 계셔. 세상에! 박사님이 완전히 흥분해서 팔을 흔들고 있어! 마을에 도대체 무슨 일이 일어난 거지?"

박사님이 강 쪽으로 뛰어오자 대브대브와 거브거브, 지프, 투투, 푸시미풀류, 흰쥐 모두 배의 난간으로 우르르 몰려갔다.

박사님이 소리가 들릴 만한 거리에 이르자 투투가 소리쳤다. "박사님, 무슨 일이세요? 파리들 때문인가요?"

박사님은 숨을 헐떡이며 갑판으로 올라와서 말했다. "아니, 개미들이야! 날개미, 고동털개미, 붉은불개미에 흰개미까지 세상이 개미들 천지야. 개미들이 너무 많아 이젠 집들도 보이질 않아."

"사람들은 어떻게 하고 있어요?" 대브대브가 물었다.

"사람들은 집 안에서 꼼짝달싹하지 않고 있어. 하지만 개미들이 집을 죄다 먹어 치우고 있어. 풀로 만든 집이거든. 녀석들이 집을 다 먹어 치우고 나면 그다음에 무슨 짓을 할지 겁이 나는구나. 개미들이 그때까지도 여전히 배가 고픈 상태라면 하늘이 그 사람들을 도와야 할 텐데. 투투, 최대한 빨리 빠르미를 내게 데리고 오렴. 서둘러, 그렇지 않으면 이 구구족 땅은 모조리 파괴되고 말 거야!"

↘ 4장 ↙

목숨을 건진 초록가슴제비들

투투가 빠르미를 찾으러 떠났다.

"맙소사! 일이 이렇게까지 심각해질 줄 몰랐어." 박사님은 주저 앉아서 이마의 땀을 닦으며 말했다. "오늘이라도 가서 마을을 둘 러본 게 천만다행이야. 뭔가 문제가 생겼다고 생각하긴 했는데… 투투가 서둘러야 할 텐데. 한시가 급해. 아, 다행이야! 투투랑 빠르 미가 오는구나."

그 작고 날씬한 새가 갑판에 앉자마자 박사님이 말했다. "빠르 미야, 구구족 마을이 개미 떼에게 먹히고 있어. 모든 새들에게 일 터로 돌아가라고 전해. 새들을 데리고 마을로 가서 개미들을 다 없애야 해. 서두르렴, 제발! 이건 네가 지금까지 한 일 중에서 가

184

장 중요한 일이야. 네가 불러 모을 수 있는 새들을 다 동원해야 할 거야. 빠르미야, 최대한 빨리 서둘러야 해."

날쌔기로 명성이 자자한 대장 제비가 반짝이는 푸른 날개를 퍼덕이며 상공으로 높이 날아올랐다. 그리고 하늘 높은 곳에 다다르자 귀청을 찢을 듯이 날카로운 목소리로 반복해서 울기 시작했다.

배 갑판에 있는 동물들은 빠르미가 하늘을 배경으로 미끄러지듯 어지럽게 원을 그리며 '티-이-히! 티-이-히! 티-이-히!' 하고 새들을 부르는 모습을 밑에서 물끄러미 바라보았다.

그러자 곧이어 대장제비의 울음소리를 들은 각양각색의 새들이 어둠 속에서 하던 일을 멈추고 여기저기서 원을 그리며 상공으로 날아왔고, 곧 까마득하게 많은 새들이 박사님 배 위로 몰려들었다.

그러고는 돌연 빠르미가 이끄는 거대한 새 부대가 엄청난 속도로 마을을 향해 날아갔다. 새 수백만 마리가 상공을 질주하는 모습은 마치 북풍이 몰아치는 듯했다.

박사님이 말했다. "가자, 구구족 사람들이 곤경에서 구조되는지 봐야 해. 내가 이 일을 시작했으니 끝까지 지켜봐야 해."

배에서 내린 박사님이 마을을 향해 달려가자 동물들도 모두 펄쩍 뛰어서 박사님 뒤를 따랐다.

그들이 마을에 가까이 다다랐을 때 웅웅거리는 이상한 소리가 들렸다. 마치 커다란 기계가 위잉위잉 부드럽게 돌아가는 듯한 그 소리는 점점 커져 갔다. 그건 곤충들 수억 마리가 햇빛을 받으며 바쁘게 일하는 소리였다.

동물들이 좀 더 가까이 갔을 때 눈에 들어온 장면은 정말 기이했다. 마을에 있는 집들은 하나도 보이지 않았고, 개미 떼가 눈에 보이는 모든 것을 덮고 있는 모습이 마치 두꺼운 카펫이 움직이는 것 같았다.

투투가 말했다. "맙소사! 내가 구구족이 아닌 게 천망다행이야. 구구족 사람들은 저 난리통 속에서 대체 밖으로 나올 수 있기나 한 걸까?"

투투가 말하는 동안 수많은 새들이 그 움직이는 카펫 위를 휩쓸고 지나갔다. 그리고 사람들 눈으로 한 번도 목격한 적 없는 대단한 전투가 시작됐다.

세 시간 동안 계속된 전투 끝에 결국 개미와 딱정벌레, 나방과 모기들이 모두 사라졌고, 전투는 새들의 승리로 끝났다. 하지만 새들 역시 날갯짓 한 번 제대로 하지 못할 정도로 완전히 녹초가 되어 헐떡거리면서 땅에 주저앉거나 큰 대자로 뻗어 버리고 말았다.

그제야 곤충들이 초래한 대혼란이 눈앞에 펼쳐졌다. 움막의 초가지붕은 모두 먹혀 버렸고 헐벗은 기둥만 남아 있었다. 하룻밤 사이에 겨울이 온 것마냥 문앞에 있는 정자나무의 나뭇잎은 온데간데없이 사라졌다. 겁에 질린 주민들은 뼈대만 남은 집에 옹기종기 모여서 박사님과 자신들을 죽음에서 구해 준 새 떼 수백만 마리를 바라보고 있었다. 그중 적지 않은 사람들이 몸에 누더기 한 조각도 걸치지 않았는데, 나방들이 천이란 천은 한 조각도 남김없

옹기종기 모인 가족들이 박사님을 바라보았다.

이 먹어 치웠기 때문이었다. 그들 머리 위에 있던 지붕 역시 흔적도 없이 사라졌고, 사람들의 온몸은 모기 물린 자국으로 덮여 있었다. 하지만 그들은 목숨만은 부지했다. 박사님과 빠르미가 간신히 제때에 온 덕분이었다.

곧 구구족 사람들이 만신창이가 된 집에서 쭈뼛쭈뼛 걸어 나오자 존 둘리틀 박사님은 그들에게 일장연설을 시작했다.

"구구족 여러분, 여러분은 오늘 위험천만한 상황에서 구조되었습니다. 당신들을 구한 건 당신들 눈에 보이는 이 작은 초록가슴제비입니다. 추장이 명령을 내렸는데도 여러분이 모자를 만들기 위해 총으로 쏘고 덫을 놔서 잡았던 바로 그 새들이지요. 내가 당신들 땅에 도착했을 때 저 새들이 내게 와서 불만을 얘기했습니다. 그리고 나는 여러분이 정신을 차리게 할 만한 다른 방법을 찾지 못해서 결국 새들에게 평생 동안 그들이 해 왔던 유용한 작업을 하지 말라고 말했습니다. 그 작업이라는 건 바로 파리와 다른 곤충들을 잡아먹는 거였어요. 난 새들이 곤충을 잡아먹지 않으면 어떻게 되는지 여러분이 눈으로 똑똑히 보고 저 새들을 죽인 행동이 얼마나 어리석었는지 깨닫기를 바랐습니다. 이제 알겠습니까?"

그러자 신여성이 되기를 갈망했던 모든 여자들이 일어나서 소리쳤다.

"그래요, 깨달았어요!"

박사님이 말했다. "잘됐군요. 이제 초록가슴제비들이 여러분들 땅에서 항상 안전하고 무사할 거라고 약속할 수 있습니까?"

"약속하겠습니다, 약속하겠습니다!" 구구족 사람들이 외쳤다. "우리 목숨을 구해 준 초록가슴제비들은 구구족 땅에서 영원토록 신성한 새로 남을 것입니다! 신성한 제비의 깃털 하나라도 손대는 자는 누구든 화를 면치 못할 것입니다! 새에게 손대는 자의 머리에는 59가지 홀라구젤룸의 저주가 내릴 것입니다!"

추장이 깊고 낮은 목소리로 제비를 괴롭히는 사람을 위한 59가지 홀라구젤룸의 저주를 낭독하기 시작했다.

"한밤중에 그물침대가 끊어져 가장 깊은 진흙탕에 빠지게 하소서. 정오에 야자나무 밑에서 쉴 때 단단하고 우둘투둘한 코코넛이 머리 위로 떨어지게 하소서. 또…"

박사님이 말을 끊었다. "그걸로 됐습니다. 내가 자리를 뜬 후에 59가지 저주 나머지를 낭독하시면 됩니다. 보니까 마을 주민들 중 많은 사람들이 곤충들에게 심하게 물렸더군요. 치료를 원하는 사람들은 내 배로 오면 상처를 치료해 주겠습니다."

박사님과 동물 가족들은 강으로 향했다. 모든 구구족 사람들 역시 서로 중얼거리면서 박사님 뒤를 따라갔다.

"저 새들이 따르는 걸 보니 저 남자는 진짜 위대한 사람인가 봐. 추장에게 무례하게 행동한 백인 여자, 우리를 못된 길로 인도해서 평화를 방해한 가짜 마법사보다 훨씬 더."

존 둘리틀 박사님은 여러 시간 동안 곤충에게 물린 구구족 사람들을 치료하느라 정신없이 바빴다. 박사님이 가져온 피부 상처 치

"구구족 땅에서 영원토록 신성한 새로 남을 것입니다!"

료용 액체인 하마멜리스도, 향료 베이럼도, 붕산도, 암모니아도, 탄산수소나트륨도 금세 모두 동이 나고 말았다. 그러자 박사님은 환자를 위해 정글에서 약초를 구해다가 끓여서 로션을 만들었다.

박사님이 밤을 거의 새다시피 한 끝에 모든 일이 마무리됐고 박사님은 녹초가 되어 버렸다. 하지만 구구족 사람들은 박사님의 치료를 받고 나자 언제 그랬냐는 듯 아주 쌩쌩해졌다. 박사님은 그들이 집을 다시 짓는 걸 돕기 시작했다. 짚으로 만든 집이었기에 재건하는 데 긴 시간이 걸리지 않았다.

그 일이 끝난 후 추장의 아내들이 박사님을 기리기 위한 잔치를 벌였고, 모두가 크게 웃으며 흥겨운 시간을 보냈다.

다음 날 구구족 사람들은 박사님 식구들이 남은 여정 동안 먹을 식량을 준비해서 배에 실었다. 식량에는 박사님을 위한 베이컨과 밀가루, 자두와 코코아가 있었고, 거브거브가 먹을 설탕당근과 양배추도 있었으며 모두가 먹을 차와 설탕도 잔뜩 있었다. 그들은 심지어 지프를 위한 뼈와 투투, 흰쥐를 위한 씨앗을 챙기는 것도 잊지 않았다. 마지막으로 푸시미풀류를 위한 건초 두 더미를 싣자 배의 짐칸은 식량으로 출입문까지 꽉 찼다.

배가 천천히 항구에서 빠져나가자 구구족 사람들이 외쳤다. "안녕, 안녕! 집에 닿을 때까지 무탈하기를!"

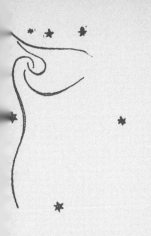

길 잃은 소년

→ 1장 ←

런던 동물원

둘리틀 박사님과 런던 참새 치프사이드, 치프사이드의 아내인 베키는 박사님의 카나리아 오페라에 출연해서 노래를 부를 새들을 찾기 위해 동물원에 있었다. 새 우리로 가는 길에 수많은 팻말이 눈에 띄었는데 거기에는 이렇게 쓰여 있었다. "미아 발견 시 여성용 휴대품 보관소로 보낼 것."

치프사이드가 이 팻말을 세 번째 읽는 박사님을 보고 말했다. "그래요, 저게 있어야 자식을 잃어버린 엄마, 아빠, 삼촌들이 자식을 찾으려면 어디로 가야 할지 알죠. 사람들은 정말 부주의해요. 토요일, 일요일만 되면 여성용 휴대품 보관소는 엄마, 아빠를 잃어버린 남자애, 여자애들 때문에 발 디딜 틈도 없다니까요. 전 항상 저 아이들을 원숭이들 옆 우리에 가두고 재주를 가르쳐야 한다고 동물원 사람들에게 말하곤 했죠."

얼마 지나지 않아 박사님이 물새들이 있는 연못을 지나가는데, 오리에게 먹이를 주려고 연못 쪽으로 걸어가는 키 작은 빨간 머리 소년이 보였다. 행여나 넘어질까 봐 걱정이 된 박사님은 낮은 난간을 넘어가서 소년의 옷을 붙잡았다. 그러고는 소년의 엄마나 보호자를 찾기 위해 사방을 둘러보았다. 하지만 이 아이와 같이 온 사람이 아무도 없는 것 같았다. 소년에게 물었지만 이렇게 대답할 뿐이었다.

"오리한테 먹을 걸 주고 싶어요."

"박사님, 그 아이를 휴대품 보관소에 데려다주세요. 말대꾸하지 마시구요. 그 아이는 부모를 잃은 거예요. 알았어요, 따라오세요. 제가 길을 가르쳐 드릴게요."

박사님은 소년의 손을 잡고는 관목숲 사이로 난 굽은 길을 따라 걷기 시작했다.

휴대품 보관소에서 일하는 여자가 소년을 인도받은 후 박사님에게 아이를 데려다줘서 고맙다고 말했다.

그 여자가 말했다. "오늘 이 아이가 이곳에 맡겨진 게 두 번째예요. 보호자가 누구인지 모르겠어요. 아무도 아이를 데리러 오질 않거든요."

문앞에서 치프사이드가 베키에게 속삭였다. "난 전혀 궁금하지 않은걸요. 저 애는 못생겼잖아요. 부모들이 일부러 저 아이를 버

박사님은 소년의 옷을 붙잡았다.

렸다고 해도 난 전혀 놀라지 않을 거예요."

베키가 말했다. "쉬잇! 어쩌면 왕위를 물려받을 아이일지도 몰라요. 난 못된 삼촌들이 왕자들을 버린다는 얘기를 들은 적이 있어요."

"부엌일을 물려받을 것 같은데요!" 치프사이드가 무시하며 콧방귀를 뀌었다. "저 아이가 왕자일 리 없어요. 머리 색깔이 저런 왕자는 없다구요."

소년은 박사님이 마음에 든 것 같았다. 자신을 여자의 손에 맡긴 후 보관소를 나서는 박사님을 보고 엉엉 울어 댔기 때문이다. 그리고 30분쯤 후 동쪽 새장에서 새들과 정신없이 이야기하던 박사님은 문득 자신의 옆에 서 있는 그 빨간 머리 소년을 발견했다.

치프사이드가 넌더리 난다는 듯 말했다. "휴대품 보관소에서 다시 탈출했군요. 이번에는 그 여자에게 아이를 벽장 같은 곳에 가둬 놓으라고 얘기하는 편이 낫겠어요. 날이 다 가기도 전에 우린 아이를 납치한 죄로 체포될지도 몰라요."

박사님은 또다시 이 길 잃은 소년을 휴대품 보관소에서 일하는 여자에게 맡겼다. 그리고 이번에는 부모가 찾으러 올 때까지 소년을 잘 보호해 달라고 그녀에게 신신당부했다.

박사님이 다시 새장으로 서둘러 발걸음을 옮기면서 말했다. "이런! 이 일 때문에 시간을 꽤나 낭비했구나. 저 아이가 도대체 누군지 모르겠네. 이런, 날이 어두워지고 있어. 오늘 새를 찾는 일은 이만 멈추는 게 낫겠다."

시간이 늦어 점점 어두워지는데도 치프사이드 부부는 박사님을 집까지 바래다주겠다고 우겼다. 그들은 함께 동물원을 나섰고 그린히스를 향해 출발했다.

"아무래도 펠리컨에게 베이스 파트를 맡기고 홍학에게 바리톤 파트를 맡겨야겠어. 더 높은 파트는 홍방울새 같은 새들이 적당할 것 같구나. 홍방울새는 들판에서 만날 수 있겠지. 치프사이드야, 내가 펠리컨과 홍학들을 좀 만날 수 있을까?" 리젠트 공원을 걸어 가면서 박사님이 물었다.

치프사이드가 대답했다. "아마도요. 런던에서 16킬로미터 정도 떨어진 곳에 부자가 한 명 살고 있는데 멋진 물새들을 아주 많이 키우고 있어요. 물론 펠리컨도 있지요. 몇 마리나 필요하세요?"

"여섯 마리쯤. 그리고 홍학도 여섯 마리는 있어야 해. 물론 여덟에서 열 마리쯤 되면 더 훌륭한 합창단을 만들 수 있겠지."

치프사이드가 중얼거렸다. "네, 그 정도 수가 노래를 부르면 누구든 영원히 잠들고 말겠네요. 그곳에 가면 여섯 마리 정도는 구할 수 있을 거예요. 아침에 제가 그곳에 갔다 와서 박사님께 말씀 드릴게요. 홍학이 있는지는 잘 모르겠어요. 아마 홍학을 만나려면 다른 곳에 가 봐야 할 것 같아요. 새들을 사실 생각은 아니죠?"

박사님이 말했다. "그 신사가 내게 빌려준다면 살 필요가 없겠지. 그런데 저기 나무들 사이에서 뭔가 하얀 게 뛰어가는 모습이 어슴푸레 보이는데 그게 뭘까?"

"뭐 말인가요? 어디에 있다는 말씀이세요, 박사님?" 치프사이드가 어두컴컴한 공원의 나무들 사이를 응시하며 물었다.

박사님이 말했다. "웃기는군! 이제 사라졌어. 화단 맞은편, 저기 참나무 뒤에서 뭔가가 튀어나온 걸 분명히 봤는데. 내 상상이었는지도 모르지."

베키가 말했다. "어쩌면 사슴이나 다른 동물이 우리에서 탈출했을 수도 있어요. 그렇다면 참 잘됐죠. 전 갇혀서 사는 게 싫거든요."

박사님이 말했다. "그래, 나도 동물들이 싫어하는데도 가두는 게 싫어. 퍼들비에 있는 내 개인 동물원의 우리에는 자물쇠가 모두 안쪽에 달려 있기 때문에 동물들이 원할 때에만 밖에 나오고 밤이 되면 사생활 보호를 위해 안에서 문을 잠글 수 있어. 그런데 신기한 건 언제든지 자유롭게 그곳을 떠날 수 있는데도 도망가는 동물이 하나도 없다는 점이야."

치프사이드가 말했다. "맞아요, 박사님. 그게 제대로 운영되는 진짜 동물원이에요. 박사님 동물원을 나가는 동물은 없고 들어가려는 동물들만 잔뜩 대기하고 있잖아요. 세상에, 그 동물원에 아침 식사 시간까지도 잠에서 깨지 않았던, 만날 비몽사몽 상태였던 늙은 흑곰이 있지 않았나요? 베키, 당신이 그 동물원을 봤어야 해요. 우리가 유럽 대륙에서 본 어떤 동물원보다도 훨씬 더 좋거든요. 그 나이 든 흑곰 양반은 박사님에게 알람시계를 달라고 했어요. 그리고 매일 밤 녀석이 부랑자나 쥐가 들어오지 못하게 우리 문을 잠글 때면 그 낡은 주석 시계의 태엽 감는 소리가 들렸지요.

물론 흑곰은 시계를 볼 줄 몰랐어요. 녀석은 시계 앞면이 아닌 뒷면을 들여다보곤 했는데 시계를 볼 줄 아는 척하려고 그랬던 거예요. 그래도 아침에 알람이 울리면 아침 식사 시간에 맞춰 일어나긴 했어요. 아, 그런 게 진짜 동물원이죠. 이크! 우리 뒤에서 뛰어가는 저게 뭐죠? 발자국 소리 못 들었어요?"

손님과 함께 집에 온 박사

그들은 이제 그린히스의 경계에 접어들었다. 앞에는 희미한 별 빛 아래 탁 트인 넓은 공원이 펼쳐져 있었고, 가시금작화 덤불이 여기저기 흩어져 있었다. 셋은 멈춰 서서 귀를 기울였다.

베키가 속삭였다. "잘 들어 봐요, 치프사이드, 분명히 뭔가가 우리를 쫓아오고 있어요. 박사님은 먼저 가시라고 하고 당신과 내가 되돌아가서 정찰을 해 보는 게 좋겠어요. 저기 저 덤불 반대편에서 뭔가가 움직이는 소리가 들린 것 같아요."

그리하여 박사님이 그린히스 공원을 가로질러 가는 사이에 치프사이드 부부는 발길을 돌렸다. 그리고 희미한 불빛 아래에서 자신들의 모습이 보이지 않게 땅바닥에 딱 붙어서는 그들을 쫓아오

202

는 사람 혹은 동물이 누군지 밝혀 내기 위한 작업에 착수했다.

존 둘리틀 박사님은 박사님의 집에서 살기로 결심한 동물이 동물원을 탈출해 자기 뒤를 쫓아오는 게 틀림없다고 확신했다. 박사님은 이와 같은 일을 겪은 적이 한두 번이 아니었다. 모든 동물 사이에서 박사님의 명성이 워낙 자자한 탓에 박사님의 의학적인 도움이 필요한 다리를 저는 개나 토끼, 두더지 등은 물론이고 박사님의 동물 가족 무리에 끼고 싶어 하는 동물들도 뒤를 쫓아오곤 했던 것이다. 하지만 박사님은 이유가 그뿐이라면 왜 자기를 직접 만나러 오지 않고 이렇게 숨어서 슬금슬금 주변을 맴도는지 의아했다.

황야의 푹신푹신한 잔디를 걸으면서 존 둘리틀 박사님은 곧 참새들이 자신을 따라와서 소식을 전해 줄 거라고 생각했다. 하지만 15분이 훌쩍 지났는데도 아무 소식이 없었다. 서커스 천막까지 불과 몇백 미터밖에 남지 않았을 때 치프사이드가 박사님의 어깨에 날아와 앉으며 키득거렸다.

"박사님, 무엇인 것 같으세요? 글쎄, 우리의 빨간 머리 친구, 동물원에서 길을 잃은 그 꼬마였어요."

"세상에! 우리가 휴대품 보관소에 맡긴 그 아이 말이니?" 박사님이 갑자기 걸음을 멈추면서 외쳤다.

치프사이드가 말했다. "그렇다니까요, 박사님. 제가 박사님이라면 방향을 틀어서 다른 길로 서커스단에 돌아가겠어요. 그 애를 따돌리는 방법은 그것밖에 없어요."

박사님의 서커스 천막의 윤곽이 눈에 들어왔다.

"이것 참! 치프사이드, 난 그렇게는 못 해. 그 소년은 부모님을 잃어버린 거야. 지금 같은 밤에 꼬마가 싸돌아다니게 놔둘 수는 없어. 어디서 저녁이나 먹을 수 있겠니? 잠은 또 어디서 자고?"

치프사이드가 초조한 듯 말했다. "맙소사, 박사님! 그건 박사님이 걱정하실 일이 아니에요. 어떻게 하시려구요? 그 애를 입양이라도 하실 건가요?"

"글쎄, 확실한 건 이곳에 내버려둘 수는 없다는 거야. 아이는 어디에 있니? 내가 얘기 좀 해 봐야겠다."

결국 치프사이드는 오던 길로 몇 미터를 날아 가시금작화 덤불 뒤에서 소년을 지켜보고 있는 베키 쪽으로 박사님을 안내했다.

"안녕, 친구야." 박사님이 상냥한 목소리로 말했다. "부모님이 휴대품 보관소로 널 찾으러 오시지 않았니?"

"네." 꼬마가 말했다.

"그럼 넌 어떻게 동물원에서 엄마 아빠를 잃어버린 거니?"

꼬마가 말했다. "부모님이 저를 잃어버린 게 아니라 제가 부모님을 떠난 거예요. 전 동물원 사육사가 되고 싶어요. 그래서 집에서 도망쳐 동물원으로 온 거예요. 그런데 사람들이 제가 부모님을 잃어버렸다면서 계속 휴대품 보관소로 데려가는 거예요. 그런데 날이 어두워지면서 휴대품 보관소가 문을 닫길래 전 아저씨를 따라가야겠다고 생각했어요."

"왜?" 박사님이 물었다.

"왜냐하면 아저씨가 마음에 들었거든요." 소년이 말했다. "그럼 네 엄마와 아빠는 어떻게 하고?" 박사님이 물었다.

소년이 말했다. "아, 부모님은 괜찮으실 거예요. 부모님에게는 자식이 많거든요. 전 제 미래를 찾아 나선 거예요. 전 동물원 사육사가 되고 싶어요."

박사님은 희미한 별빛 속에서 시계를 꺼내 응시했다.

박사님이 중얼거렸다. "허! 어쩔 수가 없구나. 오늘은 우리 집에서 지내는 게 좋겠다. 내일 네 부모님에게 연락해 봐야겠구나."

"쟨 누구예요?" 박사님이 빨간 머리 소년의 손을 잡고 캐러밴에 들어서자 거브거브가 물었다.

"동물원에서부터 내내 나를 따라온 아이란다." 동물들이 모두 박사님 주변으로 몰려와 그 작은 이방인을 살펴볼 때 박사님이 말했다. "우리와 밤을 같이 보낼 거야. 하지만 아침이 되면 아이의 부모를 찾아야 하니 정신이 없겠구나. 그렇지 않으면 유괴죄로 체포될 거야."

"수괴라고 하셨어요?" 돼지 거브거브가 물었다.

"아니, 유괴라고 말했어." 박사님이 다시 말했다. "아이를 훔쳤다는 뜻이야. 이 아이가 나를 여기까지 쫓아왔다는 걸 안 믿는 사람들이 있을지도 몰라. 대브대브야, 남는 시트 좀 있니?"

"제가 어디든 그 애가 잘 만한 곳을 찾아볼게요." 살림꾼 대브대브가 지친 듯 꼬리를 흔들며 말했다. "쯧쯧! 캐러밴이 이미 꽉 찼다는 걸 아시면서도 그 아이를 이리로 데려올 정도로 박사님이 무분별하신 줄은 몰랐네요."

박사님이 말했다. "내가 그 애를 데려온 게 아니야. 그 애가 날 따라왔다니까. 말했다시피 난 이불이고 뭐고 아무것도 없는 허허벌판에 아이를 두고 올 수는 없었어."

대브대브가 콧방귀를 뀌었다. "글쎄요, 누구라도 다른 방법을 찾았을 거예요. 온갖 버려진 동물들을 집에 데려온 것만으로도 충분한데 애라니요! 박사님은 지금 무슨 짓을 저지른 건지 모르시는 거예요. 꼬마들은 집을 난장판으로 만들어요. 거브거브는 침대를 포기하고 바닥에서 자야 할 거예요."

"아, 이런!" 거브거브가 신음 소리를 냈다. "오페라 때문에 살을 빼야 하는 것도 모자라 바닥에서 자야 하다니 난 차라리…"

그때 매슈 머그 씨가 캐러밴으로 들어왔다. 박사님이 매슈 아저씨에게 소년에 대해 몇 마디 하고는 소년을 재우는 데에 필요한 것들을 얘기했다.

매슈 아저씨가 말했다. "그 소년을 우리에서 자게 하는 건 어때요, 박사님? 깨끗한 짚이 깔린 빈 우리가 두세 개 있어요."

"지금 우리라고 말씀하셨어요?" 소년이 크고 둥근 눈에 깊은 관심을 드러내며 물었다. "여기는 뭘 하는 곳인가요?"

박사님이 말했다. "여기는 서커스단이야. 둘리틀 서커스단. 난 존 둘리틀 박사란다. 서커스단의 단장이지."

소년이 흥분한 나머지 거브거브의 꼬리를 밟으며 소리쳤다. "서커스라구요! 정말 멋진걸요! 전 성공하기 위해 집을 떠났는데 제가 갈 길을 찾았어요. 딕 위팅턴처럼 되는 거예요. 전 동물원에서

"쟤 누구예요?" 거브거브가 물었다.

사육사가 되고 싶었어요. 박사님이 성 프란체스코처럼 새들과 얘기하는 모습을 봤을 때 박사님은 뭔가 재미있는 사람이 분명하다고 생각했어요. 전 당연히 동물 우리에서 자겠어요. 코끼리랑 같이 잘래요."

소년은 오랫동안 걸어서 분명히 기진맥진했을 텐데도 새로운 환경이 신기한듯 한껏 들뜬 모습이었다. 소년은 한번에 수백 가지 질문을 했다. 그리고 저녁 식사가 차려졌을 때 사람들처럼 식탁에 둘러앉은 동물들에게 정신을 쏟느라 거의 아무것도 입에 대지 않았다. 존 둘리틀 박사님은 소년이 우리에서 자는 것만은 막으려고 최선을 다해 설득했다. 하지만 소년은 코끼리와 함께 자겠다고 이미 결심을 굳힌 상태였다. 결국 박사님은 너무 졸려서 눈도 못 뜨는 소년을 우리로 데려가서 담요 더미 밑에 눕혀야 했다. 코끼리 옆에 있는 소년은 마치 말 옆에 있는 메뚜기 같았다.

박사님이 코끼리에게 말했다. "아무쪼록 잘 때 구르면 안 돼. 가능하면 깨어 있도록 해. 딱 하룻밤뿐이니까. 내일 이 아이를 부모에게 돌려보낼 수 있으면 좋겠구나."

↘ 3장 ↙

서커스단에 생긴 골칫거리

행여나 코끼리가 아이 위로 구르면 어쩌나 하는 걱정에 뜬눈으로 밤을 샌 박사님은 날이 밝기도 전에 서둘러 우리로 향했다. 거기서 박사님은 사육사를 꿈꾸는 소년이 수건으로 바쁘게 코끼리의 얼굴을 씻기고 있는 모습을 보았다. 거대한 동물은 어린 폭군이 자기에게 호감을 가지고 있다는 걸 깨닫고는 자신의 얼굴 위로 기어 다니면서 수건으로 얼굴을 박박 문지르는 걸 꾹 참고 있었다.

"제가 좀 쉴 수 있게 박사님이 이 애 좀 쫓아내면 좋겠어요." 박사님의 "잘 잤니?"라는 인사에 코끼리가 피곤하다는 듯 대답했다. "밤새도록 거의 한숨도 못 잤거든요. 박사님 말씀 때문에 전 너무 겁이 났어요. 깜박 잠이 들었을 땐 저 꼬마가 제게 눌려서 빈대떡

210

수건으로 바쁘게 코끼리의 얼굴을 씻기고 있었다.

처럼 납작해지는 꿈을 계속 꿨지 뭐예요. 그런데 저 애는 일어나자마자 제일 먼저 비누하고 바닥 닦는 걸레를 찾더니 잠에서 깨지도 않은 제 귀를 닦는 거예요. 전 한숨도 못 잤어요."

"나도 눈을 못 붙였어." 박사님이 말했다.

소년은 이제 우리 안을 청소할 때 쓰는 빗자루를 들더니 그걸로 코끼리의 털을 쓰느라고 정신이 없었다.

"어어… 얘야." 존 둘리틀 박사님이 소년이 들고 있는 빗자루를 빼앗으며 말했다. "큰 동물들은 아침에 털을 빗질해 주거나 얼굴을 씻겨 줄 필요가 없단다. 스스로 알아서 하거든. 내 캐러밴으로 가서 아침 식사를 하지 않을래?"

박사님이 한참 동안이나 구슬린 후에야 이 어린 모험가 박사님의 캐러밴으로 철수했고 불쌍한 코끼리는 그제야 마음을 놓았다.

그들이 캐러밴으로 들어오자마자 거브거브가 말했다.

"박사님, 전 밤새도록 한숨도 못 잤어요. 아침밥을 먹고 나서 바로 자러 가야겠어요."

개 지프도 그르렁댔다. "네, 녀석이 신음 소리를 내면서 바닥을 보드랍게 만들겠다며 발로 어찌나 바닥을 긁어 대던지 저도 덩달아 잠을 못 잤다니까요."

박사님이 말했다. "이것 참! 잠을 못 잔 게 너희만은 아니란다. 일단 아침을 먹자꾸나. 그럼 기분이 좀 나아질 거야."

대브대브가 식탁에 죽을 놓으면서 말했다. "박사님에게 안 좋은 일이 생길 거라고 제가 그랬죠. 애들은 다루기 힘들어요. 꼬마 한 명이 동물 열 마리보다 훨씬 성가시다구요."

박사님이 앉으면 말했다. "그래, 네 말이 맞는 것 같구나, 대브대 브. 왜 그런지 모르겠어. 지프, 넌 사람으로 태어나지 않아서 속상 한 적 있었니?"

지프가 말했다. "세상에, 한 번도요, 박사님! 전 무슨 일이 있어 도 절대 사람이 되고 싶지 않아요."

박사님이 크림을 향해 손을 뻗으며 물었다. "왜?"

"사람들은 걱정거리가 너무나 많아요. 인생은 너무나 복잡하고 고단하죠. 개들은 배고프거나 춥지만 않으면, 그리고 친구들을 잃 었을 때만 빼면 걱정 같은 건 하지 않아요. 아, 전 사람으로 태어나 지 않아서 천만다행이에요."

박사님이 말했다. "그것 참 신기하구나. 어떤 철학자들은 사람 이나 동물은 죽으면 다시 태어나는데 어떤 사람은 동물로, 어떤 동물은 사람으로 태어난다고 말했어. 그걸 윤회설이라고 부른단 다."

"그렇다면 거브거브는 전생에 요리사였겠군요." 지프가 말했다.

"흐음, 너도 확신하겠지만 난 대단한 요리사였을 거야. 난 이렇 게 형편없는 귀리죽 따위는 절대 내놓지 않았을걸. 오페라가 끝나 서 정말 기뻐! 오페라 연습이 내 성격을 다 버려 놨다니까."

빨간 머리 꼬마 모험가는 새로운 집이 어찌나 마음에 들었던지 떠날 생각이 아예 없어 보였다. 소년은 공연을 하는 내내 나서서 이것저것을 돕겠다고 우겼고, 공연 중에 사사건건 끼어드는 바람에 소년을 어떻게 하지 않으면 둘리틀 서커스단 직원들이 총파업이라도 할 태세였다.

대형 천막에서 본 공연이 열렸을 때 소년은 공연에 끼어들기 위해 갖은 수를 쓰다가 하마터면 목숨을 잃을 뻔했는데, 균형 잡는 묘기를 선보이던 사자가 휘청거리면서 소년 위로 주저앉았기 때문이었다. 박사님은 곧 꼬마 한 명이 동물 열 마리보다 더 큰 골칫거리라는 대브대브의 말이 옳다는 걸 실감하게 됐다.

소년을 하루라도 빨리 집으로 돌려보내는 게 급선무임을 깨달은 박사님은 급히 런던으로 가서 모든 신문에 부모를 잃은 빨간 머리 소년을 그린히스에 있는 자신의 사무실에서 보호 중이라는 광고를 실었다. 한편 자신의 꿈을 깨달은 소년은 도움이 된다고 생각하는 일을 쉴 새 없이 하면서 더할 나위 없이 즐거운 시간을 보냈다. 소년은 아무도 보지 않는 틈을 타서 광대의 분장실에 들어가서는 얼굴과 옷에 유성 페인트를 잔뜩 발랐고, 공연을 하고 있는 뱀에게 갔다가 천막을 쓰러뜨리는 바람에 그곳에 모인 청중 위로 천막이 넘어지기도 했다. 또 머리가 두 개인 푸시미풀류를 유심히 보더니 참을성 많은 녀석의 등에 올라타기도 하고, 수달이 공연하는 천막에 갔다가 저수조에 떨어지는 바람에 거의 익사할 뻔했다가 사람들에게 구출되기도 했다.

해 질 무렵, 소년이 더 이상 장난치지 못하도록 막던 박사님과 매슈 아저씨가 완전히 녹초가 되었을 때, 이 어린 모험가는 오늘 밤에도 코끼리와 같이 자겠다고 선언했다. 소년은 밤에 방해받지

소년은 얼굴에 유성 페인트를 잔뜩 발랐다.

않고 쉴 수 있게 해 달라는 코끼리의 간청과 30여 분 동안 계속된 박사님의 설득에도 아랑곳하지 않고 결국 자신의 커다란 친구와 함께 자기 위해 우리로 갔고, 코끼리를 뺀 나머지 동물 가족들은 크게 안도했다.

박사님은 저녁 식사가 끝난 다음 대브대브에게 말했다. "만약 그 애의 부모님이 내일도 나타나지 않으면 난 어떻게 해야 할지 모르겠어. 이제 우리가 믿을 건 신문 광고밖에 없단다. 그 애 부모님이 오늘은 그 애를 찾으러 올 줄 알았는데."

대브대브가 말했다. "그 애를 이리로 데려온 건 박사님 잘못이에요. 박사님은 그 애를 경찰서에 데려가셨어야 했어요."

박사님이 외쳤다. "그래, 맞아. 내가 왜 그 생각을 못 했지? 아, 하지만 그 애가 좋아하지 않을 거야. 여기서 더할 나위 없이 행복한 시간을 보내고 있잖니."

대브대브가 물었다. "우리 시간은 어쩌구요? 박사님이 그 골칫덩어리를 여기서 내보내지 않으면 불쌍한 코끼리는 다시 몸져누울 거예요. 아플 때 코끼리가 얼마나 다루기 힘든지 아시죠. 전 방금 그 아이가 오늘 밤에 자기랑 같이 자겠다고 말하는 걸 들은 코끼리가 감정을 주체하지 못하고 흐느끼는 모습을 봤어요. 그 작은 골칫덩이를 경찰서로 데리고 가세요. 경찰들이 꼬마에게 친절하게 대해 줄 거예요. 그리고 박사님보다 훨씬 빨리 그 애의 부모를 찾을 거예요."

박사님이 중얼거렸다. "이것 참! 네 말이 일리가 있는 것 같아.

아침이 됐는데도 부모가 나타나지 않으면 그 애를 경찰서로 데려
가야겠다."

다음 날 아침에도 아이를 찾는 사람이 나타나지 않자 대브대브
가 어찌나 졸라 대는지 박사님은 자신의 말을 실천에 옮기지 않을
수 없었다. 결국 정오 즈음 박사님은 소년을 데리고 경찰서로 갔
고, 소년을 서장에게 맡겼다.

서커스단 식구들 모두, 그중에서도 딱한 코끼리가 특히 소년이
갔다는 걸 알고 크게 안도했고, 이틀에 걸쳐 대소동에 직면할 뻔
했던 직원들도 모두 다시 평화로운 일상으로 돌아갈 수 있었다.

하지만 박사님은 여전히 밤새도록 잠을 거의 이루지 못했다. 이
번에는 코끼리가 소년 위로 구를까 봐 걱정이 된 게 아니라 소년
이 경찰서에서 어떻게 지낼지 마음이 쓰였기 때문이었다.

다음 날 아침 식사 시간에 박사님이 말했다. "대브대브야, 우린
그 아이에게 너무 매정하게 대했어. 이곳에서 정말 행복한 시간을
보내고 있었는데. 물론 경찰관들이 그 아이에게 상냥하게 대하긴
하겠지만… 아이들은 참 재밌는 존재야, 너도 알다시피. 리젠트
공원에서부터 쭉 나를 따라오다니 난 그 애의 결단력을 높이 평가
하지 않을 수 없어. 그런데 나 자신을 위해서 그 애를 경찰서에 넘
겨 버린 거야! 그 일 때문에 밤새도록 괴로웠어. 아침을 먹고 나서
바로 그 애가 어떻게 지내는지 보러 가야겠어."

대브대브가 피곤하다는 듯 말했다. "아, 제발요! 전 박사님 말씀
이 무슨 뜻인지 알아요. 존 둘리틀 박사님, 제 말 잘 들으세요. 그

애는 어디서든 잘 어울리고 스스로를 잘 돌볼 수 있어요. 그 애 걱정은 제발 하지 마세요."

박사님이 말했다. "그래, 그럴지도 모르지. 하지만 아무튼… 안녕하세요! 누구십니까?"

그때 제복을 입은 경찰관 두 명이 캐러밴 문앞에 나타났다. 그리고 빨간 머리 소년이 그들 사이에 서 있었다.

"하늘이시여, 우리를 보호하소서!" 대브대브가 외쳤다. "꼬맹이가 다시 돌아왔네요. 그리고 박사님은 이 애한테 막 가려고 했구요!"

경찰 한 명이 말했다. "안녕하십니까? 서장님이 안부와 함께 이 소년을 다시 맡아 주실 수 있는지 물어보셨습니다. 서장님은 이 소년의 부모를 찾기 위해 백방으로 수소문해 보겠다고 말씀하셨습니다. 그동안 선생께서 이 소년을 돌봐 주신다면 서장님께서 매우 고마워하실 겁니다."

박사님이 물었다. "왜 그 소년이 경찰서에 머무르면 안 되는 겁니까?"

순경이 말했다. "아이가 경찰서를 전혀 좋아하지 않는 것 같거든요. 동물 우리로 돌아가고 싶다면서 밤새도록 소리를 질러 대며 야단법석을 떨었습니다. 결국 경찰서장님은, 선생에겐 미안한 말이지만, 동물 우리가 이 아이에게 딱 맞는 곳인 것 같다고 말씀하셨지요. 이 소년이 유리창을 다 깨 버리는 통에 단 한숨도 못 잤다며 죄수랑 이웃 모두에게서 항의가 쏟아졌습니다. 이 애를 달래는 길은 다시 이리로 데려오는 방법밖에 없는 것 같았어요. 결국 서장님은 무슨 수를 쓰든 이 애를 데려가서 선생에게 맡기라고 말씀하셨습니다."

자신이 사랑하는 서커스단으로 다시 돌아온 소년은 만면에 미소를 띠고 있었다. 동물과 다시 만나게 되어 너무나 반가웠던 소년은 자신과는 달리 이 만남을 별로 달가워하지 않는 동물 모두와 차례차례 인사를 했다. 박사님은 탁자에 있는 카나리아 새장을 얼른 소년의 손이 닿지 않는 곳으로 올렸다. 그리고 다시 문 쪽으로 몸을 돌렸을 때 순경들은 박사님이 무슨 말도 꺼내기 전에 그 어린 모험가만 남겨 두고 내빼서 이미 자취를 감춘 후였다.

→ 4장 ←

떠나는 손님

대브대브가 코웃음을 쳤다. "박사님이 앞으로는 제 말을 믿게 되겠군요."

"아, 그래, 정말로, 대브대브야. 네 말의 대부분이 맞는 게 사실이야." 존 둘리틀 박사님이 말할 때 소년은 바닥에 있던 램프를 우지끈 부숴 버렸다. "아이들은 때때로 음… 골칫거리가 맞아. 그런데 한편으로는 이 애를 다시 만나게 돼서 기뻐. 애야, 그 제라늄엔 더 이상 물을 줄 필요가 없단다. 아침 먹기 전에 내가 줬거든. 게다가 그건 뜨거운 물이란다. 대브대브야, 이건 결국 아이들을 위한 서커스야. 그러니까 아이 한 명을 직원으로 데리고 있는 게 맞을 것 같기도 해."

"박사님이 그렇게 하신다면 어느 누구도 서커스단에서 일하려

"아니, 얘야, 그 제라늄엔 더 이상 물을 줄 필요가 없단다."

고 하지 않을 거예요. 오랫동안." 대브대브가 말을 잘랐다.

"부모가 저 아이를 데려갈 생각이 아예 없는 모양이야." 박사님이 생각에 잠긴 채 말했다.

"맙소사, 그럴 리가 없어요!" 대브대브가 진심으로 말했다.

"우리가 저 아이를 가르칠 수 있을지도 몰라." 박사님이 여전히 생각에 잠긴 채 중얼거렸다.

"그럼 제게서 멀리 좀 떨어져 있으라고 그 아이에게 가르쳐 주세요." 대브대브가 말하는 동안 아이는 깨끗한 테이블보 위에 커피포트를 넘어뜨렸다.

동물 사육사가 되기로 굳게 결심한 후 이미 숱한 문제를 일으켰던 그 이상한 소년의 귀환으로 둘리틀 서커스단은 다시 한번 큰 혼란에 휩쓸리게 되었다.

일단 그날 서커스단에서 일하는 사육사가 박사의 캐러밴 문앞에 모습을 드러냈다.

"박사님, 일을 그만두겠다고 말씀드리러 왔어요." 사육사가 말했다.

"왜, 무슨 일이지요?" 존 둘리틀 박사님이 물었다.

"그 어린아이 때문이에요. 그 아이가 주변에 있으니 한시도 쉴 틈이 없어요. 제가 돌보는 동물들 곁에서 그 아이가 사라지지 않으면 일을 그만두겠다고 박사님께 경고했었지요. 그러고 나서 그 아이가 경찰서로 보내졌다는 소식을 듣고는 우리에게 평화가 찾아왔다고 생각했어요. 그런데 오늘 아침 그 애가 다시 돌아온 후 방해나 장난이 더 심해졌어요. 전 일을 그만두겠어요."

박사님이 말했다. "흐음, 이미 결정을 내렸다면 더 머물러 달라고 설득할 수도 없겠군요. 혹시 생각해 둔 다른 자리가 있나요?"

사육사가 말했다. "다른 자리는 필요 없어요. 박사님이 협동조합의 형태로 서커스단을 운영하신 덕분에 꽤 큰돈을 저축했거든요. 이곳은 런던이니까 이 도시 어디쯤에 있는 작은 가게를 사서 정착하겠어요."

박사님이 말했다. "아, 그러니까 당신이 떠나려는 게 꼭 소년 때문만은 아니군요? 당신과 당신의 아내가 원하는 삶을 살 수 있게 되다니 기쁘군요. 결국 그게 제일 중요하지요. 그래도 당신이 그만두다니 안타까워요."

"저것 봐!" 사육사가 캐러밴을 떠나자마자 대브대브가 지프에게 말했다. "부자가 되어 둘리틀 서커스단을 떠나는 사람이 또 생겼군. 박사님은 동전 한 푼 가진 것 없이 뼈 빠지게 일만 하는데. 아, 그리운 퍼들비, 우린 퍼들비를 다시 볼 수 있을까! 난 가끔 궁금해! 박사님에게 쌓이는 건 돈이 아니라 새로운 일거리랑 저 빨간 머리 꼬마 같은 골칫거리를 돌보는 일뿐이라구."

동물 우리를 돌보던 사육사가 떠나자 둘리틀 박사님과 매슈 머그 아저씨가 할 일이 늘어났다. 새로운 사람을 찾을 때까지는 두 사람이 돌아가면서 동물들을 돌봐야 했기 때문이다. 그뿐만 아니라 그 일로 인해 그 어린 모험가에게도 쉽지 않은 시간이 이어졌는데, 소년이 서커스단을 떠난 사육사의 일을 도맡아 하겠다고 나

"당신, 당신은 괴물이에요!"

선 후 우리 밖으로 벗어날 틈이 거의 없어졌기 때문이었다.

그런데 다음 날 대브대브가 크게 기뻐할 일이 생겼다. 소년의 엄마가 드디어 나타났던 것이다. 소년을 데리러 왔다고 하자 박사님은 무사한 소년을 보면 얼마나 기뻐할까 생각하며 소년의 엄마를 동물 우리로 데려가서 지친 눈을 하고 있는 코끼리의 다리 사이에서 쌔근쌔근 잠들어 있는 소년을 보여 주었다. 그런데 소년의 엄마는 빼액 소리를 지르면서 소년을 자신의 품으로 와락 끌어당기더니 노발대발한 채 불쌍한 박사님에게 몸을 돌렸다.

"당신은 어떻게 내 아들을 동물들과 같이 지내게 할 수 있죠?" 그녀가 소리를 질렀다.

박사님이 말했다. "하지만 그 아이가 그렇게 하겠다고 고집을 부렸어요. 난 아이가 여기서 자는 걸 바라지 않았어요. 코끼리도 마찬가지고요."

"난 이렇게 비정하고 잔인한 짓은 들어 본 적도 없어요. 이 길로 곧장 경찰서로 가겠어요. 당신을 고소할 거예요. 당신, 당신은 괴물이에요!"

소년의 엄마는 울음바다가 된 소년과 함께 폭풍 같은 눈물을 흘리며 출발했고, 실제로 경찰서에 가서 박사님을 고소했다. 그런데 그녀가 찾아간 경찰서가 하필이면 소년이 하룻밤을 지냈던 그 경찰서였고, 박사님을 측은하게 여긴 경찰서장은 기소를 하는 대신 소년이 마침내 가족의 품으로 무사히 돌아가게 되어 다행이라며 박사님에게 감사의 인사를 전했다.

둘리틀 박사의 모험 12

둘리틀 박사의 퍼들비 모험

1판 1쇄 찍음 2019년 2월 20일
1판 1쇄 펴냄 2019년 2월 27일

지은이 휴 로프팅
옮긴이 임현정

주간 김현숙 | **편집** 변효현, 김주희
디자인 이현정, 전미혜
영업 백국현, 정강석 | **관리** 오유나

펴낸곳 궁리출판 | **펴낸이** 이갑수

등록 1999년 3월 29일 제300-2004-162호
주소 10881 경기도 파주시 회동길 325-12
전화 031-955-9818 | **팩스** 031-955-9848
홈페이지 www.kungree.com | **전자우편** kungree@kungree.com
페이스북 /kungreepress | **트위터** @kungreepress

ⓒ 궁리출판, 2019.

ISBN 978-89-5820-575-3   04840

값 12,000원

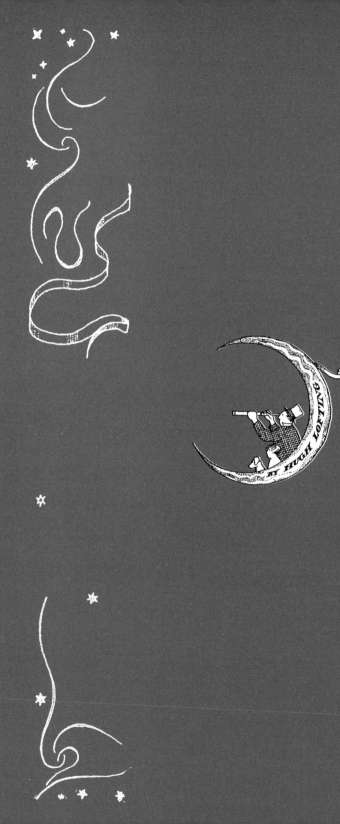